Jeong Ho-seung

LIEBENDE

Eine poetische Fabel
über die unermessliche Kraft
verbundener Herzen

Aus dem Englischen übersetzt von
Bernhard Kleinschmidt

Mit Illustrationen von
Gisela Goppel

O.W. BARTH

Besuchen Sie uns im Internet:
www.ow-barth.de

Deutsche Erstausgabe

Ein Imprint der Verlagsgruppe
Droemer Knaur GmbH & Co. KG, München

Der koreanische Text wurde von Bruder Anthony aus Taizé vom Koreanischen ins Englische übersetzt. Diese Ausgabe basiert auf der englischen Übersetzung.
Redaktion: Susanne Wallbaum
Covergestaltung: Isabella Materne
Coverabbildung: Gisela Goppel
Satz: Daniela Schulz, Rheda-Wiedenbrück
Druck und Bindung: CPI books GmbH, Leck
ISBN 978-3-426-29294-5

2 4 5 3

Eine Kiefernnadel, vom Wind herbeigetragen, prallt gegen meine Seite und fällt zu Boden. Es ist eine frische, grüne Nadel aus dem fernen Kiefernwäldchen, in dem die beiden ruhenden Buddhas liegen. Noch bevor sie den Boden erreicht, sende ich einen hellen, klingenden Ton in den blauen Himmel. Mein Körper wiegt sich in der Brise, mit der die Kiefernnadel gekommen ist. Das bringt den kleinen, kreuzförmigen Klöppel, der auf eine Bewegung von mir gewartet hat, zum Schwingen. Er schlägt von innen gegen die Glockenwand und ruft einen klaren Ton hervor, der heiter bis in alle Winkel des Tempels am Berghang schallt.

Mein Klang lässt sich auf den Grashalmen nieder, die in den Felsritzen hinter der Haupthalle wachsen, und erreicht sogar die Schale mit Reis, die man dem Buddha in der Halle dargebracht hat. An Frühlingstagen hört man im Bambusdickicht frische Triebe aus dem Boden sprießen. Im Herbst überzieht knisternd Raureif das herabgefallene Laub. Im Winter knirschen einsame Schritte auf den schneebedeckten Pfaden.

Einige Mönche können nicht einschlafen, wenn sie mich nicht hören. Besucher des Tempels, die meine Stimme nicht vernehmen, finden keinen Frieden, und ihr Herz verlässt vor ihnen diesen Ort.

Niemand stört sich an mir und dem Ton, den ich von mir gebe, wenn ich im Wind schwinge; es ist ein kühles Geräusch, so klar, als strömte Licht hindurch. Manche Leute aus der Stadt hängen sich sogar einen wie mich auf ihren Balkon und warten, dass der Wind vorbeistreift.

Wer es erraten hat, weiß, wer ich bin – der Fisch an der Windglocke, die an der Dachtraufe des Tempels Unju-sa in Hwasun hängt, einer Stadt in der Provinz Jeollanam, ganz im Südwesten von Korea. Gefertigt bin ich aus dünnem Kupferblech, doch durch meine Adern strömt klares Blut. Meine Schwanzflosse zuckt ständig, und jeder Windhauch lässt meine sämtlichen Flossen beben, als würde ich fliegen. Außerdem habe ich einen hübschen Namen: Blauperlenauge. An der anderen Ecke hängt an einer Glocke ein zweiter Fisch wie ich. Er heißt Schwarzperlenauge.

Dass Schwarzperlenauge und ich uns kennengelernt haben, verdanken wir einem Mönch aus dem Tempel Jogye-sa in Seoul. Damals hing ich ganz allein an der Decke eines Ladens in Insa-dong; auf dessen Schild stand: *Buddhistischer Supermarkt*. Eines Nachmittags, als an den Ginkgo-Bäumen am Straßenrand die ersten Blätter sprossen, kaum so groß wie ein Fingernagel, betrat der Mönch den Laden, stupste mich sanft an, um meinen Klang zu prüfen, und sagte zu der Besitzerin, er wolle mich kaufen. »Der ist genau das Richtige für die Haupthalle des Unju-sa«, erklärte er. »Ein wunderschöner Klang. Der Tempelvorsteher wird begeistert sein.« Dabei lächelte er zufrieden.

Ich hatte keine Ahnung, was das Lächeln des Mönchs bedeutete, wurde aber augenblicklich von der Decke genommen und hübsch in rosa Maulbeerpapier verpackt. Doch kurz bevor das Papier mich einhüllte, geschah etwas Unerwartetes. Die Ladenbesitzerin öffnete die Tür des Lagerraumes, in dem verschiedene buddhistische Artikel verwahrt wurden, holte einen Windspielfisch wie mich heraus und legte ihn auf die Theke.

Das nahm mir fast den Atem! Nie hätte ich mir träumen lassen, dass es dort in jenem staubigen Lagerraum, eingeschlagen in Zeitungspapier, einen Doppelgänger gab, einen, der genauso aussah wie ich.

Die ganze Zeit über war ich unendlich einsam gewesen und hatte mich nach jemand anderem gesehnt. Ich hatte mir so sehr gewünscht, wahrhaftig einem Gefährten zu begegnen, mit dem ich mein Leben verbringen konnte. Ob ich wohl jemals auf ihn treffen würde, diesen jemand, der meine Tage erfüllen würde? Ob es überhaupt jemanden gab, der mich mein Leben begleiten konnte, hatte ich mich gefragt, jemanden, der sein ganzes Dasein in der Hoffnung verbrachte, mich kennenzulernen?

Je nachdem, wem wir begegnen, kann unser Leben eine sehr unterschiedliche Gestalt annehmen. Das Leben ist ein Mosaik aus Begegnungen und Abschieden. Bisher jedoch hatte ich noch nicht einmal die einfachste Form eines solchen Zusammentreffens erlebt. Deshalb war ich zwangsläufig mehr als verblüfft, dass ein Windspielfisch genau wie ich dort im Lagerraum eingesperrt gewesen war und nur darauf gewartet hatte, mir zu begegnen.

Ich besänftigte mein klopfendes Herz, sah ihn an und winkte mit der Schwanzflosse.

»Hallo!«

»Hallo!«

Er erwiderte meinen Blick und winkte ebenfalls mit der Schwanzflosse, wobei er sich den Staub von den Schuppen schüttelte. Während meine Augen blau waren wie der Herbsthimmel, waren seine schwarz wie die letzte Nacht des abnehmenden Mondes.

»Ihr braucht Namen«, sagte der Mönch. »Da du ein Karpfen mit blauen Glupschaugen bist, sollst du Blauperlenauge heißen, und du, der du schwarze Glupschaugen hast, heißt von nun an Schwarzperlenauge.«

Nachdem der Mönch uns Namen verliehen hatte, brachte er uns in seinem grauen Rucksack unter.

Kaum waren wir einander begegnet, steckten wir also zusammen im Rucksack des Mönchs. Vor Begeisterung darüber, dass ich meinen wahren Partner getroffen hatte, der mich hoffentlich mein Leben lang begleiten würde, merkte ich überhaupt nicht, wie erstickend es in diesem Rucksack war. Ich war einfach nur dankbar, dass die Begegnung, die ich so leidenschaftlich erhofft hatte, endlich zustande gekommen war.

An dem Tag, an dem der Mönch uns im Unju-sa an benachbarte Ecken des Dachvorsprungs hängte, schärfte er uns ein: »Streitet nicht. Ihr müsst gut miteinander auskommen.«

Seit jenem Tag lebten wir als Windspiele an der Haupthalle des Unju-sa und blickten einander an, wenn bei jeder Brise unser Klang ertönte.

Jenen aufregenden Augenblick, in dem ich Schwarzperlenauge begegnet bin, kann ich noch immer nicht vergessen. Ich erinnere mich genau an die Wärme, die ich empfand, als er mich im Rucksack des Mönchs umarmte.

Begegnungen sind geheimnisvoll, genauso wie die Liebe. Sobald wir einander begegnen, fangen wir an, die Geschichte unseres Lebens zu schreiben.

Wenn ein Kiefernwind weht, liegt in meiner Stimme der Duft von Kiefernnadeln. Weht ein Lehmwind, liegt darin der Duft der lehmgelben Felder von Jeollanam, über die der Wind gestrichen ist. An Frühlingstagen, wenn ein Blumenwind weht, hat meine Stimme den Duft von Azaleenblüten, und wenn im Herbst der Ahornwind kommt, liegt darin eine Spur von scharlachrotem Laub.

Die Leute aus Hwasun, die den Unju-sa besuchen, wissen das. Sie brauchen nur den Klang meiner Glocke hören, um zu erkennen, welcher Wind über Jeollanam weht.

Am liebsten mag ich den Blumenwind. Sobald er weht, spüre ich, dass ich wirklich lebendig bin.

Heute haben wir so einen Blumenwind. Ein Blütenblatt von einer Azalee hat eine Weile an mir geklebt, und nun verströmt mein Körper den feinen Duft von Azaleenblüten. Mein Herz aber ist zerzaust, so zerzaust wie das Gewand des steinernen Buddhas, der gegenüber von mir steht. Schweigend legt er die Hände vor der Brust aneinander wie eine Frau, die sich hinter einer Kiefer verbirgt, um zu beobachten, wie ein Mann zu einer langen Reise aufbricht. Wo sind nur die tausend Buddhas und Tempel, die ein wundertätiger Mönch vor tausend Jahren angeblich in einer einzigen Nacht errichtet hat?

Ich bin einsam, obwohl ich mit Schwarzperlenauge zusammen bin. Einsam schaukelt mein Körper im Wind, und ausgerechnet heute sehe ich weder den bäuerlichen Buddha, der die ruhenden Buddhas bewacht, noch die Lotosblütenpagode.

Das Herz von Schwarzperlenauge hat sich gewandelt. Irgendwann ist er mir gegenüber gleichgültig geworden. Weht der Wind, schaukelt er nachlässig hin und her; ist der Himmel strahlend hell, bleibt er ungerührt und blinzelt träge wie ein Kälbchen vor sich hin.

Selbst wenn ich mit einem Ton, so zart wie der einer Geomungo-Zither, erklinge, nur für ihn, achtet er nicht darauf. Wenn ich, nur für seine Augen, mit dem traurigen Wirbeln fallender Blätter tanze, macht er sich noch nicht einmal die Mühe zuzusehen. Selbst wenn ich, nur für ihn, ein Lächeln wie eine voll erblühte Seerose auf mein Gesicht zaubere, blickt er ausdruckslos drein.

Früher war es anders, aber jetzt halten wir die Versprechen, die wir einander einst gegeben haben, nicht mehr. Er hat versprochen, die Wärme der Mittagssonne in sich aufzunehmen, wenn sie auf den Hof vor dem Tempel scheint, um mich damit zu wärmen, sobald es bei Anbruch der Dämmerung kühler wird, doch das tut er nicht mehr. Er hat versprochen, im Oktober die ganze Nacht lang das Licht der wunderschönen Sterne in sich aufzunehmen und mir zu senden, wenn ich am nächsten Tag bedrückt bin, doch das tut er nicht mehr. Wir haben einander versprochen, uns gegenseitig etwas zu wünschen, wenn eine Sternschnuppe hinter dem Horizont verschwindet, doch auch das tut er nicht mehr.

Er nennt mich beinahe nie mehr beim Namen, und wenn er mir doch einmal »Blauperlenauge!« zuruft, kann ich in seiner Stimme keine Spur von Zuneigung entdecken. Früher hat er, wenn morgens der erste Schnee des Winters fiel und den Unju-sa mit einer weißen Decke überzog, gerufen: »Schnell, Blauperlenauge, wach auf! Sieh nur, der erste Schnee fällt, der erste Schnee!« Solche Rufe höre ich heute nicht mehr.

Wirft er jedoch einen Blick auf Rotperlenauge, die am Dachvorsprung der Vairochana-Halle hängt, hat er einen anderen Ausdruck in den Augen. Dann liegt darin jene warme Zuneigung, mit der er früher mich betrachtet hat. Legt sich der Wind und alles ist still, richtet er den Blick wie einen Pfeil auf Rotperlenauge. Ob er sich wohl in sie verliebt hat?

In der Liebe ist der Augenblick von großer Bedeutung. Wenn man verliebt ist, braucht man Weisheit, um den Augenblick schätzen und bewahren zu können. Ach, Schwarzperlenauge hat sich so sehr verändert! Gibt es denn keine Liebe, die nie vergisst, wie sich das Herz anfangs gefühlt hat; keine Liebe, die sich niemals verändert?

An dem Tag, an dem wir einander zum ersten Mal begegneten, an dem im Rucksack des Mönchs unsere Körper und Herzen zusammenfanden, ohne dass einer von uns sich über den anderen erhoben hätte, sind wir doch gewiss eins geworden. Wie glücklich wir doch waren an dem Tag, an dem man uns ans Dach des Unju-sa hängte, als ein Mönch einen Hammer nahm, um uns Windspiele zu befestigen. Klar waren unsere Klänge, durchscheinend wie der Herbsthimmel. Als sie in jener Nacht im Mondlicht diesen Tönen lauschten, haben sich da die steinernen Buddhas des Unju-sa nicht tanzend in den Schultern gewiegt? Hat Schwarzperlenauge denn das strahlende Lächeln des Mönchs vergessen, das uns liebkoste, und seine Worte: »Jetzt seid ihr ein einziger Körper, seid freundlich zueinander …«?

Der Tag ist trübe wie so oft. Ein eisiger Wind stemmt sich gegen die Ankunft des Frühlings. Ich sehne mich danach, meinen kalten Körper in der Umarmung von Schwarzperlenauge zu wärmen. Doch der schaukelt nur gleichgültig im staubigen Vorfrühlingswind.

Hier und da liegen noch Reste von Schnee. Ich sehe die Leute, die über den verbliebenen Firn zum Unju-sa gekommen sind, ihren Namen und Gebete auf die neuen Dachziegel schreiben. Eine junge Frau schreibt mit weißer Tusche: »Möge mein Wunsch sich erfüllen.« Was sie sich wohl wünscht? Vielleicht hofft auch sie, jenem einen Menschen zu begegnen, der ihr ganzes Leben erfüllen kann?

Vögel fliegen über den Himmel. Ich sehne mich danach, mich in einen fliegenden Fisch zu verwandeln. Wie ich gehört habe, sieht man auf einer Wandmalerei aus der Goguryeo-Zeit Fische am Himmel umherfliegen. Auch ich wäre gern so ein Fisch, der sich frei in den blauen Himmel schwingen kann. Immer nur an der Ecke eines Dachs zu hängen ist einfach kein Leben.

Es vergingen noch einmal so viele Tage, wie ich sie bereits mit Schwarzperlenauge verbracht hatte. Noch immer hing ich am Dach der Haupthalle des Unju-sa. Der Frühling kam, mit kaltem Wetter zunächst, im Winter tobten heftige Schneestürme, und ich verbrachte meine Tage einen wie den anderen, ohne die geringste Veränderung.

Mein Leben war so langweilig. Langeweile auszuhalten tut unglaublich weh. Immer mehr Tage verrannen, ohne dass ich irgendetwas tat; ich träumte nicht einmal. Dabei wusste ich nur zu gut, dass das Heute, das ich mit Nichtstun verbrachte, das Morgen war, nach dem jemand, der gestern gestorben war, sich sehr gesehnt hatte. Dennoch tat ich Tag für Tag nichts. Gab es wirklich kein besseres Leben für mich als eines, in dem ich von einem Dach hing?

Weitere Jahre vergingen. Die Qualen von Einsamkeit und Langeweile nahmen beständig zu. Ich gab mir noch mehr Mühe, Schwarzperlenauge zu lieben. Wenn die Nacht anbrach und Wolken die Mondsichel verhüllten, streckte ich mich weit aus, um seine Vorderflosse zu liebkosen, seine erogenste Zone. Verblassten die Sterne in der Morgendämmerung einer nach dem anderen, ließ ich das reinste Sternenlicht, das ich in der Nacht in meinem Herzen angesammelt hatte, behutsam in seine Brust strömen.

Natürlich erfordert Liebe Anstrengung, schließlich erreicht man nur etwas, wenn man sich Mühe gibt. Leider reicht Anstrengung allein jedoch nicht aus, wenn es ums Lieben geht.

»Ich verstehe nicht, wieso unsere Liebe so lauwarm geworden ist. Da ist keine Spannung mehr. Inzwischen reagierst du nicht einmal mehr, wenn ich deine Flosse halte.«

Wenn ich so etwas sagte, erwiderte Schwarzperlenauge: »So ist es eben mit einer alten Liebe«, und schwieg lange.

»Warum sagst du nichts?«

Erst als ich ärgerlich die Schwanzflosse schüttelte, weil ich sein Schweigen nicht aushielt, machte er wieder den Mund auf.

»Wenn Liebe neu ist, spricht man viele Worte. Alte Liebe hingegen ereignet sich schweigend.«

So verhielt er sich immer. Und ich war immer unzufrieden.

»Wir sind nicht verliebt, und wir sind auch nicht *nicht* verliebt!«

Eines Nachts weckte ich ihn aus einem unruhigen Schlaf. Mir war plötzlich der Gedanke gekommen, dass das Leben im Grunde ein Mosaik aus Begegnungen und Abschieden war. Und da es so zwischen uns stand, war es womöglich besser, wenn wir auseinandergingen.

»Machen wir Schluss, Schwarzperlenauge. Ich denke, das ist am besten. Wir sollten einander nichts vormachen. So weiterzuleben wäre für uns beide reine Vergeudung. Damit will ich nicht mein restliches Leben verbringen.«
Sobald ich dies alles mit zitternder Stimme gesagt hatte, war mir, als läge es auf der Hand, dass wir uns trennen sollten.
»Schwarzperlenauge, die Liebe ist warm wie Sonnenschein, heiß wie Sonnenlicht, deine Liebe aber ist ausgetrocknet wie Vogelkot. Wenn Liebe verdorrt und schal wird, dann ist es keine Liebe mehr. Hast du jemals gesehen, dass Vögel sich auf einem toten Baum niederlassen? Zusammenzuleben, wenn man einander nicht liebt, ist ein Verbrechen. Nur wer einander liebt, hat das Recht auf ein Zusammenleben.«
Wieder und wieder brachte ich meine Argumente dafür vor, dass wir uns trennen sollten. Schwarzperlenauge erwiderte nichts. So beharrlich ich auch in ihn drang, er lächelte nur.
»Schließlich hatten wir nie eine richtige Hochzeit mit Trauzeugen, oder? Da können wir uns jederzeit trennen.«
Als ich sein Schweigen nicht mehr ertrug, brüllte ich: »Nichts kann uns davon abhalten – wir können Schluss machen, wann immer es uns passt!«
Da öffnete Schwarzperlenauge endlich ganz leicht den Mund, als wollte er aus einem Teich Wasser schlürfen.
»Blauperlenauge! Hast du vergessen, wie der Mönch uns hier aufgehängt hat? Dieser Augenblick war unsere

Hochzeitszeremonie. Der Himmel, der Wind und das Gras, die Vögel, die Wolken und die Blumen haben uns zur Hochzeit gratuliert. Sie alle waren Augenzeugen unserer Heirat. Offenbar hast du da etwas völlig falsch verstanden.«

»Ich verstehe überhaupt nichts falsch. Was für eine Art von Ehe soll das sein?«

»Wir Fische führen alle solche Ehen. Eigentlich würde man es gar nicht so nennen, aber zusammenzuleben, wie wir es tun, ist an sich schon eine Ehe. Hör auf, von Trennung zu reden. Manches im Leben ist eben unabänderlich.«

»Nein, das stimmt nicht. Das Leben ist etwas, was man selbst gestaltet. Nichts ist festgelegt oder vorherbestimmt. Schon gar nicht die Liebe.«

»Da täuschst du dich. Unsere Liebe ist Teil unseres vorbestimmten Lebens. Wäre es anders, hätten wir einander nie auf diese Weise begegnen und so lange lieben können, wie wir es schon tun. Auf dich zu treffen war das größte Ereignis und das größte Glück in meinem Leben. Daher bin ich immer glücklich und dankbar dafür, einfach so mit dir zusammen zu sein.«

Anders als sonst leuchteten die Augen von Schwarzperlenauge wie blanke schwarze Edelsteine.

»Sagst du die Wahrheit?«

»Ja, das tue ich.«

»Nein, du lügst«, stieß ich zornig hervor. »Würdest du mich lieben, wie könntest du dann so gleichgültig sein? Zahllose Nächte habe ich allein verbracht.«

Am Himmel war hell der Mond aufgegangen.

»Das ist nicht Gleichgültigkeit, es ist bloß die alltägliche Routine. Wenn die Liebe andauert, ist sie nicht mehr so aufregend wie am Anfang. Sie wird gelassen und friedvoll. Selbst der feinste Duft ekelt uns an, wenn er sich nicht auflöst, sondern immer weiter anhält. Nur wenn er im nächsten Moment verfliegt, ist es ein echter Duft. Mit der Liebe verhält es sich ebenso; währt sie lange, verwandelt sie sich in eine Art Freundschaft, in eine Beziehung von Freunden, die das ganze Leben miteinander verbringen.«

Was Schwarzperlenauge sagte, war nicht falsch, weshalb ich nichts mehr entgegnete. So wie die Liebe nicht durch Worte entstand, wie er behauptete, kam es auch zur Trennung nicht durch Worte.

»Ist dir klar, was es bedeutet, sich zu trennen, Blauperlenauge? Das ist wie sterben.«

Ich verbrachte ein ganzes Jahr damit, über seine Worte nachzudenken. In dieser Zeit veränderte Schwarzperlenauge sich nicht besonders. Er versuchte nie, mich zu umarmen, und schlief immer vor mir ein, ja sogar, bevor die Sterne am Himmel standen.

Nacht für Nacht blickte ich zu den Sternen hinauf, bis ich ebenfalls einschlief. Das heißt, eigentlich betrachtete ich die Sterne allein und ließ die ganze Nacht meine Windglocke erklingen. Ich war einsam. Schwarzperlenauge begriff meine Einsamkeit nicht.

»Ich verstehe dich«, sagte ich. »Zu lieben bedeutet zu verstehen. Wie tief Liebe ist, verändert sich je nachdem, wie viel Verständnis vorhanden ist.«

Doch obwohl ich es ihm erklärte, verstand er mich nicht, so wie auch ich ihn eigentlich nicht verstand.

Als die kalten Vorfrühlingswinde wehten, fing ich wieder an, auf Trennung zu dringen.

»Wir können jeder unser eigenes Leben führen, ein besseres, als wir es jetzt haben.«

»Was für ein anderes Leben brauchen wir denn als jenes, das wir jetzt haben, Blauperlenauge? Für uns ist es das Wichtigste im Leben, unsere Nachbarn glücklich zu machen, indem wir nach dem Willen des Windes wunderschön erklingen.«

Sein Tonfall war verhalten und warmherzig zugleich, doch meine Liebe zu ihm war bereits erkaltet.

»Nein, Schwarzperlenauge, das ist nicht alles. Ich will durch die Lüfte fliegen, will mich irgendwohin auf die Reise machen. Hier so zu hängen ist inzwischen die reine Mühsal für mich. Ich träume davon, nach Herzenslust durch den blauen Himmel zu fliegen, und diesen Traum will ich auf keinen Fall aufgeben, schließlich ist unser Leben so groß wie unsere Träume. Wieso hast *du* eigentlich keine? Wieso gibst du dich mit einem Leben zufrieden, das du damit zubringst, hier einfach herumzuhängen?«

»Warum meinst du, ich hätte keine Träume? Mein Traum ist es, ein gewöhnliches Leben zu führen, dich zu lieben und allen ringsum Freude zu bereiten. Dir erscheint das vielleicht klein und unbedeutend, aber für mich ist es der größte Traum der Welt. Und meine Hoffnung ist, dass du dasselbe träumst wie ich.«

»Kommt nicht infrage. Das ist einzig und allein dein Traum, und an dem will ich nicht teilhaben. Wenn du mich wahrhaft lieben würdest, dann würdest du mir helfen, *meinen* Traum zu verwirklichen.«

Schweigend betrachtete Schwarzperlenauge mich eine Weile. Vielleicht lauschte er dem Regen, der fiel, seit die Mondsichel untergegangen war. In seinen Augen glänzte Traurigkeit.

»Wenn ich dich … wahrhaft … lieben würde?«, stammelte er.
»Ja, wenn du mich wahrhaft lieben würdest!«, erwiderte ich gedankenlos.
Der Wind wehte. Der Regen wurde stärker.
Schwarzperlenauge überließ sich ganz dem Regen und dem Wind. Wie in Qualen schwang er wild hin und her. Es war das erste Mal, dass ich ihn sich so dem Sturm hingeben sah.

Es hatte den Anschein, als wollten Wind und Regen niemals enden. Ich sehnte mich danach, durch sie hindurch weit weg zu fliegen, irgendwohin. Gab es denn wirklich keinen Ausweg aus meinem jetzigen Leben?
Ich drehte den Kopf, blickte lange auf den Hügelrücken im Süden und fragte mich, ob die ruhenden Buddhas sich wohl erhoben hatten und einen Spaziergang machten. Es waren zwei Steinfiguren, die unvollendet auf einer gewaltigen, dreizehn Meter langen Felsplatte lagen. Ich wusste, dass sie ein Ehepaar waren und, wenn niemand es sah, gern Hand in Hand spazieren gingen. Kurz vor Sonnenaufgang, wenn die Dämmerung auf dem fernen Gipfel des Mudeung schimmerte, standen die beiden auf und gingen gemeinsam über den Pfad durch das Kiefernwäldchen. Schon wenn ich sie von Weitem sah, bekam ich Herzklopfen.
Vielleicht weil es regnete, lagen die ruhenden Buddhas an diesem Tag einfach nur da und gingen nicht spazieren. Doch der männliche Buddha hatte sich leicht auf die Seite gedreht und hob eine Hand.

»Wieso hältst du die Hand hoch, ruhender Buddha?«, fragte ich mit regengetränkter Stimme.

»Ich beschirme meine Frau, damit sie im eisigen Regen nicht friert. Das tue ich schon seit tausend Jahren, wenn es regnet oder schneit.«

Mit einem Mal wurde mir schwindlig. Nie hätte ich mir träumen lassen, dass der Buddha seine Frau so liebte.

»Also das ist Liebe?«

»Ja, das ist Liebe, Blauperlenauge. Weißt du eigentlich, weshalb ich noch immer ein unvollendeter Buddha bin, selbst nach tausend Jahren?«

Ich schwieg, weil ich nichts zu erwidern wusste.

»Das liegt daran, dass Liebe immer unvollendet bleibt«, fuhr er fort. »Auf dieser Welt gibt es keine vollkommene Liebe. Liebe ist unentwegt dabei, sich zu vervollkommnen … das ist ein immerwährender Prozess.«

Der ruhende Buddha hielt die Hand erhoben, um den strömenden Regen abzuhalten. Kalte Tropfen prasselten auf seinen Handrücken, doch er achtete nicht darauf.

»Und was bedeutet es, sich zu trennen, ruhender Buddha?«

Sobald ich beschlossen hatte, mich von Schwarzperlenauge zu trennen, hatte mich Furcht ergriffen. Nun wollte ich von dem ruhenden Buddha wissen, wie ich mich davon befreien konnte.

»Sich zu trennen bedeutet, jemanden nicht mehr sehen zu können, wenn man ihn sehen will.«

»Macht es große Angst, wenn man jemanden nicht mehr sehen kann?«

»Sich zu trennen macht Angst, solange das Herz sich nach etwas sehnt, was es nicht sehen kann. Aber wo eine

Begegnung stattfindet, muss es immer auch eine Trennung geben. Fürchte dich nicht zu sehr davor, dich zu trennen. Abschied und Wiederbegegnung – so ist das Leben.«

Es regnete unablässig so dicke Tropfen, dass ich ganz melancholisch wurde. Sollte ich mich wirklich von Schwarzperlenauge trennen, würde er sich wahrscheinlich nicht danach sehnen, mich zu sehen. Falls man sich vor einer Trennung nur fürchten musste, wenn das Herz sich danach sehnte, den anderen zu sehen, würde ich wohl frei von Furcht sein, solange ich mich nicht danach sehnte, Schwarzperlenauge zu sehen.

»Ruhender Buddha, manchmal wäre ich gern eine Brise, die ein Windspiel zum Schwingen bringt.«

»Dann vergisst du deine Pflicht. Wenn Blumen zu Wurzeln werden wollten, wozu wären sie dann nütze?«

»Aber ein Leben, in dem man immer nur am Dach hängt, ist unglaublich qualvoll.«

»Das Problem ist dein Herz.«

»Manchmal will ich mich in einen fliegenden Fisch verwandeln und durch den Himmel segeln. Wie entkomme ich nur aus diesem hängenden Leben und erlange wahre Freiheit?«

»Auch dabei geht es um dein Herz. Das Problem ist, dass du das, was du da sagst, nicht wirklich willst.«

»Wieso meinst du das, ruhender Buddha? Das stimmt nicht.«

Andächtig legte ich die Flossen vor der Brust zusammen wie die Steinbuddhas die Hände und blickte zu dem ruhenden Buddha hinauf.

»Nein. Es ist nicht das, was du wirklich willst.«

Der Buddha beschirmte unverändert das Gesicht seiner Frau vor dem strömenden Regen und ließ die Hand auch dann nicht sinken, als er mitleidig auf mich herabblickte.
»Ich will dich etwas fragen«, sagte er. »Zwei Mönche sehen eine im Wind flatternde Fahne und fangen an zu streiten. Der eine sagt, bewegen würde sich die Fahne, nicht der Wind, während der andere behauptet, nicht die Fahne würde sich bewegen, sondern der Wind. Was meinst du wohl, wer von den beiden recht hat?«
»Tja …«
Ich hatte keine Ahnung, was ich antworten sollte. Aber als ich das Problem aus meiner eigenen Perspektive – der eines Windspiels – betrachtete, erschien mir die Antwort ziemlich offensichtlich.
»Was sich bewegt, ist die Fahne, so wie ich mich bewege, wenn der Wind weht. Das ist dasselbe Prinzip.«
»Ist das wirklich so?«
»Ja, bestimmt.«
»Nein. Es bewegt sich weder der Wind noch die Fahne. Das Einzige, was sich bewegt, sind die zänkischen Herzen der streitenden Mönche.«
Bei diesen Worten des ruhenden Buddhas neigte ich unwillkürlich den Kopf. Alles schien vor meinen Augen hell zu werden, so als ginge die dunkle Nacht vorüber und die Dämmerung bräche an.

Das Problem lag also in meinem Herzen. Wenn ich wirklich ein fliegender Fisch werden und wahre Freiheit erlangen wollte, so würde mir das gelingen, hatte der ruhende Buddha mir versichert. Allerdings hatte ich keine Ahnung, wie ich es anstellen sollte, etwas wirklich zu wollen.

Es hörte auf zu regnen, und eine frische Brise erhob sich. Ich hing am Dach und bebte in dem frischen grünen Wind. Der Frühling war wieder da, doch wie immer betrachtete Schwarzperlenauge mich mit gleichgültigem Blick.

Dennoch brannte in meinem Herzen eine helle Lampe. Mir war zwar noch nicht klar, wie ich mein Ziel erreichen konnte, aber ich wusste, dass es mir gelingen würde, wenn ich es nur wirklich wollte. Deshalb pflegte mein Herz den Docht dieser Lampe, damit sie nie erlosch.

Eines Tages kam eine Schwalbe zu Besuch und tippte mich mit dem Schnabel an.

»Ich möchte hier unter dem Dachvorsprung der Haupthalle ein Nest bauen. Meinst du, das ist in Ordnung?«

Als die Schwalbe mich anblickte, sah ich in ihren Augen mein Spiegelbild im Wind schaukeln.

»Natürlich. Komm nur und bau dein Nest!«

Freudig schüttelte ich meinen Körper und gab einen Klang wie Blütenblätter von mir.

»Meinst du wirklich? Werden die Mönche nicht dagegen sein? Wenn sie nun zornig werden, weil jemand an diesem reinen, heiligen Ort sein Haus gebaut hat, was dann?«

»Das wird nicht geschehen. Eher werden sie sich freuen.«

»Ach, da bin ich mir nicht so sicher …«

Die Schwalbe drehte unter dem Dachvorsprung ihre Kreise. Sie war sichtlich besorgt und nicht in der Lage, eine Entscheidung zu treffen.

»Tja, dann werde ich den ruhenden Buddha fragen.«

Ich wandte den Kopf dem Hügelrücken im Süden zu und richtete den Blick auf den ruhenden Buddha.

Der hob leicht den Oberkörper an und nickte zweimal.

»Er sagt, es ist in Ordnung. Hier hat zwar noch niemand je ein Haus gebaut, sagt er, aber du sollst dir keine Sorgen machen und trotzdem eins bauen.«

»Danke!«

Noch einmal tippte die Schwalbe mich mit dem Schnabel an, und dann flog sie davon.

Während ich auf ihre Rückkehr wartete, flammte in meinem Herzen eine neue Lampe auf. Wenn man sehnlich auf jemanden wartet, ist das, als würde man im Herzen eine Lampe anzünden.

Erst mehrere Tage später kehrte die Schwalbe mit ihrem Gefährten zurück, worauf die beiden sich fleißig daranmachten, ein Nest zu bauen. Jeden Tag kamen sie Dutzende Male mit Lehm, Stroh oder Zweigen im Schnabel angeflogen und arbeiteten daran.

Genau wie die Schwalbe gesagt hatte, bauten sie ihr Nest direkt unter dem Dachvorsprung der Haupthalle. Wie ein winziger Tontopf hing es an dem Holz, das mit einem vielfarbigen Lotosmuster bemalt war.

Sobald die Schwalben zu bauen begannen, hellten sich die Gesichter der Mönche, die in der Morgendämmerung zur Rezitation in die Halle gingen, auf. Ein stilles Lächeln schwebte auf ihren Lippen, als erinnerten sie sich an das Zuhause, das sie verlassen hatten. Selbst der gelassene Blick von Schwarzperlenauge schien etwas von dem Glanz jenes Tages zurückzugewinnen, an dem wir einander zum ersten Mal begegnet waren.

An dem Tag, als das Nest fertig war, gab ich einen speziellen Grashalmton von mir, den ich mir für die Schwalben aufgespart hatte.

Sobald die Schwalbe ihre Eier gelegt hatte, schwangen die beiden sich nur noch abwechselnd in den blauen Himmel. Ich beneidete sie darum, so frei durch die Luft fliegen zu können.

Nachdem die Eier ausgebrütet waren, flogen die Schwalben noch eifriger umher. Ich weiß nicht, woher sie das alles holten, aber bis die Nacht hereinbrach, kamen sie wieder und wieder, jedes Mal den Schnabel voller Insekten, die sie in den aufgesperrten Schlund ihrer Jungen beförderten. Brachte die Schwalbenmutter Nahrung, rissen die Kleinen den Schnabel weit auf und tschilpten laut vor Hunger. Für mich klang das noch schöner als die Töne, die Schwarzperlenauge und ich erklingen ließen.

Eines Tages wehte vom Mudeung her eine milde Frühlingsbrise, und die Steinbuddhas des Unju-sa dösten matt vor sich hin. Um sie nicht aufzuwecken, ließ ich meine Glocke so leise wie möglich erklingen, während ich das Schwalbennest beobachtete.

Ein Schwalbenjunges hatte den Kopf herausgestreckt und spähte in den Tempelhof hinab. Die Mutter war nirgends zu sehen; offenbar suchte sie gerade Futter. Der frisch gesprossene Flaum des Jungen sah entzückend aus. Ich beobachtete es eine Weile, und plötzlich verspürte ich den Wunsch, auch die fürsorgliche Mutter eines so süßen Kindes zu werden.

Dann geschah es. Vielleicht war das Schwalbenjunge hungrig, vielleicht sah es sich auch zu wild nach seiner Mutter um. Jedenfalls verlor es, als es den Kopf noch weiter aus dem Nest streckte, das Gleichgewicht und fiel heraus.

Wie ein Blitz stürzte ich auf das Junge zu mit dem einzigen Gedanken, es zu retten. Glücklicherweise konnte ich es auffangen, kurz bevor es auf den Steinstufen des Tempels aufschlug.

Es brach in Tränen aus.

»Weine nicht. Alles ist gut. Deine Mama kommt bestimmt bald zurück.«

Behutsam trug ich das Kleine hinauf und setzte es wieder ins Nest.

Gerade war etwas sehr Merkwürdiges geschehen. Als ich dem Kleinen hinterhergeflogen war, hatte ich das zwar noch nicht erkannt, aber mit einem Mal fühlten mein Körper und meine Gedanken sich leicht an und frei.

Rasch warf ich einen Blick auf die Ecke des Dachs, an der ich befestigt worden war. Dort hing noch die Glocke, aber ohne den Fisch; der war herabgefallen. Nur der Draht, an dem er gehangen hatte, schwang im Wind hin und her. Kein Wunder, ich flog ja durch den Himmel! Endlich war ich zu einem fliegenden Fisch geworden und hatte mich von meinem alten Leben, in dem ich an einem Dach gehangen hatte, befreit. Als ich auf den Hof zugeflogen war, nur darauf bedacht, das Leben des Schwalbenjungen zu retten, war der an meiner Rückenflosse befestigte Draht gerissen.

Mir wurde klar, dass es nun an der Zeit war, mich von Schwarzperlenauge zu trennen. Seit ich begonnen hatte zu fliegen, blickte er mir verwirrt hinterher. Seine Augen quollen noch mehr hervor als sonst.

»Hallo!«, rief ich, während ich unter dem Dachvorsprung meine Kreise zog.

»Wie ist *das* denn passiert?«

»Ich bin jetzt ein fliegender Fisch. Sieh nur, ich kann fliegen!«

Schwarzperlenauge vefolgte, wie ich hin und her flog. Während ich meine Flossen bewegte, verwandelten sie sich allmählich in Flügel, die mich vorwärtstrugen. Fassungslos sperrte er das Maul auf.

»Nun ziehe ich fort.«

»Du ziehst fort?«

»Versuch nicht, mich zurückzuhalten. Ich habe mich so danach gesehnt.«

»Aber wo willst du hin?«

»Ich habe nur weiter hier gehangen, weil ich nicht wusste, wie ich erreichen konnte, was ich wirklich wollte. Nun aber bin ich frei. Ich habe meine Freiheit gewonnen. Ich konnte erlangen, wonach ich mich gesehnt habe, indem ich anderen half, das ist mir jetzt bewusst geworden.«

Schnell flog ich zu der Steinlaterne, die auf dem Hof vor dem Tempel stand.

»Blauperlenauge, geh nicht fort! Dies ist der Ort, an dem du leben solltest!«, schrie Schwarzperlenauge mir hinterher. Ich blickte nicht zurück, als wollte ich sagen, dass ich nie wiederkehren würde.

»Blauperlenauge, ich flehe dich an, geh nicht fort«, schluchzte Schwarzperlenauge.

Ich verließ den Hof und machte mich auf den Weg zu dem Hügelrücken im Süden, um mich von den ruhenden Buddhas zu verabschieden. Wann ich sie wiedersehen würde, wusste ich nicht.

»Ich breche jetzt auf. Ich ziehe in die weite Welt hinaus, um ein echter Fisch zu werden.«

»Lebwohl! Du hast deine Freiheit gewonnen. Aber sei vorsichtig, mit Freiheit ist Verantwortung verbunden. Solltest du je mit mir sprechen wollen, wo immer du auch bist, und sei es in noch so weiter Ferne, werde ich hören, was du sagst.«

Der männliche Buddha zog den Arm, auf dem der Kopf seiner Frau gelegen hatte, hervor und winkte mir zu.

»Komm wieder, wann immer du willst. Ich warte auf dich. Selbst wenn unsere Körper fern von dir sind, unsere Herzen werden immer bei dir sein.«

Nach wie vor hörte ich die tränenreiche Stimme von Schwarzperlenauge.

Während ich den Unju-sa verließ, tat ich so, als hörte ich ihn nicht. Ich war nicht mehr an seiner Seite.

Das Leben, in dem ich fliegen konnte, war so aufregend, dass ich mich nicht darum scherte, wo ich landete. Bald verschwand erst der Unju-sa aus meinem Blick und dann Hwasun. Hoch am Himmel flog ich immer weiter in die Ferne.

»Blauperlenauge!«, rief jemand. »Wo willst du hin?«

Ich warf einen Blick zurück, und es war der Wind, der früher das Windspiel zum Schwingen gebracht hatte.

»Keine Ahnung!«

Bei diesen Worten wurde mir klar, dass mich der reine Akt des Fliegens überwältigt hatte. Langsam beruhigte ich mich, und meine Augen begannen die Umgebung wahrzunehmen. Ich flog hoch oben am Himmel und blickte auf den großen Bergzug des Jiri-san hinab; der Fluss Seomjin glich einer dünnen, geschwungenen Bleistiftlinie.

Ach, ich war in zu große Höhe gestiegen, ohne es zu merken. Plötzlich bekam ich Angst. Wo sollte ich hin?

»Wind, was ist der beste Ort für mich?«

»Wo willst du denn hin?« Der Wind nahm mich an die Hand, wohl weil ich so besorgt aussah.

»Das weiß ich nicht. Ich habe mich nur lange danach gesehnt zu fliegen; genauere Pläne habe ich bisher nicht gemacht.«

»Dann denk jetzt darüber nach. Wo willst du hin? Es ist dein erstes Mal, deshalb werde ich dich ausnahmsweise begleiten.«

»Mir war nicht klar, dass es so große Angst macht, auf eine Reise zu gehen.«

»Ha, ha, übertreib es nicht mit der Angst. Etwas Angst hat jeder. Ohne Angst kann man nicht leben.«

Herzhaft lachend drängte er sich an meinen Rücken. Plötzlich dachte ich ans Meer und seinen Geruch, jenen fischigen, grünlichen Duft, den ich gelegentlich im Wind entdeckt hatte, wenn er das Windspiel schüttelte.

»Jetzt weiß ich es!«, rief ich aufgeregt. »Das Meer! Ich will das Meer sehen. Wind, bitte zeig mir den Weg zum Meer.«

»Gut, gut. Schon der Anblick des Meeres dürfte dir zeigen, was ein Leben mit Flügeln bedeutet.«

Wieder drückte sich der Wind an mich. Ich schüttelte meine Ängste ab und machte mich auf zum Meer. Weil es so weit entfernt war, kam ich manchmal vom Weg ab, doch ich fand ihn immer wieder.

Wie weit war ich bereits geflogen? Allmählich schwand die Kraft aus meinen Flügeln. Aktiv durch den Himmel zu fliegen war wesentlich anstrengender, als passiv an einem Dach zu hängen. Vielleicht war es weniger schwierig, auf das, was man wollte, zu warten, als daran festzuhalten, sobald man es bekommen hatte.

Ich ließ die Muskeln spielen und nahm all meinen Mut zusammen. Jetzt war niemand mehr da, der mir half. Der Wind hatte mir nur den Weg zum Meer gezeigt, dann hatte er sich irgendwann davongemacht und war nirgendwo mehr zu sehen.

Nach einiger Zeit roch ich einen fischigen, wässrigen Duft, so wie der Wind ihn manchmal bis zum Unju-sa getragen hatte, und mit einem Mal dehnte sich das Meer vor mir aus. Sobald ich es erblickte, rief ich: »Ah!« Es sah aus, als hätte jemand ein riesiges blaues Seidentuch auf dem Boden ausgebreitet.

Ich flog näher heran. Die sanft gekräuselten Wellen brachen sich weiß im Sonnenlicht. In diesem Augenblick spürte ich wieder deutlich, dass ich meinem sesshaften Leben entkommen war und nun frei durch die Lüfte flog. Immer näher flog ich heran. Je näher ich kam, desto lauter wurden die Wellen. Dort, wo sie sich an eine Klippe warfen, auf der eine einzelne Kiefer stand, erschufen sie ein herrliches Geräusch. Behutsam landete ich am Rand der Klippe, stellte mich neben die Kiefer und blickte zum Horizont.

Die Sonne ging unter. Über dem Horizont stiegen rote Lotosblüten auf. Zuerst erschienen sie nacheinander, als zöge jemand sie unbemerkt nach oben, um sie am Himmel aufblühen zu lassen, aber nach einer Weile loderten rote Flammen empor und verschlangen die einzelnen Blüten.

»Ich frage mich, was jenseits des Horizonts liegt«, murmelte ich. »Da muss doch etwas sein, wohinter die Sonne verschwinden kann.«

Fasziniert blickte ich auf den flammenden Horizont. »Dahinter ist eine Insel«, sagte ein Regenpfeifer, der auf der Kiefer saß.
»Eine Insel? Was ist das denn?«
»Eine Insel ist wie ein Stein, der ein Meer vom anderen trennt. Das macht das Meer noch schöner. Es ist so schön, weil es Inseln gibt.«
Der Vogel war annährend so groß wie ich, und wir hatten beide eine silbrige Brust, weshalb wir einander von Anfang an wie enge Freunde behandelten.
»Ist diese Insel weit von hier entfernt?«
»Sehr weit. Selbst ich gelange nicht so leicht dorthin, obwohl ich hier an der Küste lebe. Einmal bin ich trotzdem hingeflogen. Meine Mutter hat gesagt, das soll ich bleiben lassen. Wenn man aufs Meer hinausfliegt, stirbt man, hat sie gesagt, deshalb bin ich hin, ohne dass sie es wusste, und ich wäre tatsächlich fast gestorben. So weit ich auch flog, das Meer nahm kein Ende. Ich flog immer weiter und sah nichts als den Horizont. Alle Kraft war aus meinen Flügeln gewichen, und ich wäre beinahe ins Meer gefallen und gestorben, doch dann sah ich endlich die Insel. Es gab eine Insel im Meer! Hätte es sie nicht gegeben, wäre ich gestorben. Auch meine Freunde glauben, dass man stirbt, wenn man aufs Meer hinausfliegt. Ich habe ihnen von der Insel erzählt, doch ihnen fehlt der Mut, dorthin aufzubrechen. Sie haben nicht mal Lust dazu. Deshalb warte ich auf eine Gelegenheit, irgendwann einmal allein zu der Insel zurückzukehren.«
Der Regenpfeifer schien kurz davor, die Flügel auszubreiten und sich auf den Weg zu machen.

»Fliegen wir doch zusammen hin!«
Ich sehnte mich danach, die Insel, die das Meer noch schöner machte, zu sehen.
»Gut, fliegen wir zusammen!«
Zum Zeichen der Zustimmung flatterte er von einem nordwärts weisenden Ast auf einen, der nach Süden wies.
Nachdem am nächsten Morgen die Sonne aufgegangen war, flogen der Regenpfeifer und ich also aufs Meer hinaus in die Richtung, in die der Kiefernast zeigte. Das Wasser glitzerte blendend hell. Einen Moment lang dachte ich, wie schön es wäre, wenn Schwarzperlenauge mit mir aufs Meer hinausfliegen würde, doch bald verschwand dieser Gedanke wieder.
Der Regenpfeifer flog schnell dahin, ich eilte ihm hinterher. Bevor wir jedoch die Klippe am Ufer weit hinter uns gelassen hatten, tauchte plötzlich ein Falke auf. Wie ein Bombenflugzeug schoss er herab, dann stieg er wieder in die Höhe und kam direkt auf mich zu. Mit einem Mal bereute ich, den Unju-sa verlassen zu haben. Bei der Vorstellung, jetzt zu sterben, wäre ich beinahe ohnmächtig geworden.
Ich nahm meine ganze Kraft zusammen und flog auf die Klippe zu. Der Falke folgte mir, ohne seine Geschwindigkeit zu verringern. Bestimmt flog er so schnell, weil er davon überzeugt war, seine Beute erwischen zu können. Ich wandte mich von der Klippe ab. Der Horizont neigte sich. Doch da:
»Weg mit dir! Schnell!«
Das rief der Regenpfeifer eindringlich, während er auf den Falken zuflog. Ich wandte mich erneut in Richtung

Klippe, und noch während ich das tat, sah ich, wie die Klauen des Falken den Regenpfeifer an einem Flügel packten.

Es dauerte nur einen Augenblick. Der Falke, der mich verfolgt hatte, ergriff den Regenpfeifer mitten in der Luft und trug ihn auf die Klippe. Dort bohrte er ihm seine scharfen Klauen und seinen Schnabel in die Brust. Ich hatte furchtbare Angst, dass der Falke sich gleich wieder auf mich stürzen würde, daher ließ ich den sterbenden Regenpfeifer, dem Blut aus dem zerfetzten Leib strömte, zurück und entfernte mich hastig vom Meer.

Wie weit mag ich geflogen sein?

In der Ferne tauchte der Jiri-san wieder auf, und tief unter mir schlängelte sich der Seomjin dahin wie ein weißer Baumwollfaden.

Beim Anblick des Flusses beruhigte ich mich. Ich ließ mich auf dem Seomho-jeong in Hadong nieder, einem Pavillon, von dem man die beste Aussicht über den Fluss hat, und blickte hinunter aufs Wasser. Erst jetzt weinte ich. Ich dachte daran, wie die kleinen Flügel des Regenpfeifers in den Fängen des Falken geflattert hatten.

Weshalb hatte der Regenpfeifer sein Leben für mich weggegeben? Und wie konnte ich es ihm vergelten? War er womöglich selbst die Insel im Meer gewesen, die ich hatte aufsuchen wollen?

Die ganze Nacht hindurch saß ich auf dem Dach des Pavillons und blickte auf den Fluss hinab. Aus Richtung Gurye hörte ich einen Nachtvogel rufen.

Zwangsläufig dämmerte wieder ein Morgen. Der Fluss hatte eine weiße Oberfläche, die ruhig im Sonnenlicht glänzte. Benommen saß ich auf dem Dach des Pavillons und betrachtete die kleinen Wellen. Erstmals das Meer zu erblicken war ein Schock gewesen, doch den Tod des Regenpfeifers mitzuerleben hatte mich wesentlich stärker erschüttert.

Was war der Tod? Weshalb war der Tod ein Teil des Lebens?

Die ganze Nacht lang hatte ich nicht geschlafen. Kein einziges Wort hatte ich zu den Sternen sagen können. Meine erste Erfahrung nach dem Verlassen des Unju-sa war der Tod gewesen, nicht die Liebe.

Solange ich unter dem Dachvorsprung des Tempels lebte, hatte ich nicht ein einziges Mal an den Tod gedacht. Wieder und wieder hatte ich gesehen, wie die Blumen neben den Steinbuddhas und den Gebäuden erblühten und verwelkten, doch als Tod hatte ich das nie wahrgenommen.

Da ich keine Ahnung hatte, wo ich hinsollte, verbrachte ich noch einige weitere Nächte auf dem Dach des

Pavillons. Wenn ich am späten Nachmittag Hunger bekam, flog ich hinunter zum Fluss, um ein paar Schlucke Wasser zu trinken, dann kehrte ich zurück.
Die Zeit verging. Nacht für Nacht leuchteten die Sterne am schwarzen Himmel, so zahlreich wie die Sandkörner im Seomjin. Je länger die Sterne leuchteten, desto mehr Zeit verfloss.
Es war an der Zeit, den Pavillon zu verlassen. Doch solange ich den Tod nicht begriff, würde ich auch das Leben nicht begreifen können, das spürte ich deutlich. Daher war ich nicht in der Lage, auch nur einen einzigen Schritt in irgendeine Richtung zu tun.
Eines Nachts bat ich die Sterne schweigend, den ruhenden Buddha zu rufen.
Er kam als Sternenlicht zu mir.
»Was ist der Tod, ruhender Buddha?«
Ohne ein Wort des Grußes fragte ich ihn das, was ich am dringendsten wissen wollte.
Nach langem Schweigen erwiderte der Buddha aus Sternenlicht: »Als du ein Windspiel am Unju-sa warst, gab es doch Tage, an denen kein Wind wehte, nicht wahr?«
»Ja, solche Tage gab es.«
»Wenn der Wind eine Weile nicht wehte – dachtest du da, er sei gestorben?«
»Nein, das habe ich nie gedacht.«
»Wenn der Wind eine Zeit lang verstummt – bedeutet das, dass er nie wieder wehen wird?«
»Nein. Er wird sich bestimmt wieder erheben.«
»Siehst du, so ist auch der Tod. Wenn man sagt, dass der Wind aufgehört hat zu wehen, heißt das nicht, dass er

gestorben wäre. Du hast doch vor Kurzem zum ersten Mal das Meer gesehen?«

»Ja, das habe ich.«

»Hast du auch die Wellen gesehen?«

»Ja, die ebenfalls.«

»Und haben sich die Wellen gebrochen?«

»Ja, sie sind an die Klippen gedonnert und haben sich in weiße Gischt aufgelöst.«

»Die Wellen haben sich also gebrochen, aber wurde dadurch das Meer ausgelöscht?«

»Nein. Das Meer war trotzdem da.«

»Siehst du, auch so ist der Tod, wie die Meereswellen. Obwohl sie sich auflösen, bleibt das Meer, wie es war. Wenn man sagt, dass es den Tod gibt, heißt das nicht, dass es kein Leben gäbe. So wie die Wellen ein Teil des Meeres sind, ist der Tod ein Teil des Lebens. Deshalb sei nicht zu traurig. Mach dich auf die Suche nach wahrer Freiheit.«

Das Sternenlicht des Buddhas schien nun noch heller zu leuchten.

Während ich hinaufblickte zu diesem Licht, hatte ich das Gefühl, den Tod ein klein bisschen verstehen zu können. Wenn der Wind nicht mehr wehte, hieß das nicht, dass er tot war, das hatte ich als Windspiel selbst erlebt. Wie oft hatte der Wind sich gelegt, um dann doch wieder zu wehen und meine Glocke erklingen zu lassen!

Dennoch genügte mir das nicht. »Aber weshalb muss es den Tod im Leben geben?«, fragte ich.

Der Buddha aus Sternenlicht schwieg eine Weile, bevor er antwortete: »Letztlich um des Lebens willen. Wenn es keinen Tod gibt, kann es auch unser Leben nicht geben.

Nur weil es den Tod gibt, existieren wir alle. Der Tod ist die Folge des Lebens, und das Leben ist die Ursache des Todes.«

»Aber ich begreife nicht, weshalb der Regenpfeifer für mich gestorben ist. Wieso hat er mich gerettet und dabei den Tod gefunden?«

»Darüber musst du selbst nachdenken. Es wird Zeit, dass du Leben und Tod begreifst.«

Der Buddha aus Sternenlicht verschwand. Wieder standen die Sterne schweigend am Himmel.

Während ich über das nachdachte, was der Buddha gesagt hatte, versank ich in tiefem Schlaf. Selbst während ich schlief, hörte ich das Rauschen des Flusses, der auf das Meer zuströmte.

Hinter der eisernen Brücke, die sich über den Seomjin spannt, ging die Sonne auf. Gleichzeitig fuhr ein Zug über die Brücke. Ich folgte ihm einen Moment, dann ließ ich ihn allein weiterfahren, setzte mich vor den mit einer Inschrift versehenen Stein, der vor dem Pavillon stand, und las das Gedicht mit dem Titel *Die Docks von Hadong*.

80 Li von den Docks von Hadong entfernt
kreischen Wasservögel
während der Mond aufgeht
80 Li von den Docks von Hadong entfernt
schreibt ein Mann Gedichte
auf die Steintreppe des Seomho-jeong
ein Dandy
der seine Heimat verlassen hat
um hierherzukommen

Ich las es laut. Da ein Dandy ein modischer, eleganter junger Mann ist, stellte ich mir vor, wie ein junger Dichter seine Verse auf die Stufen des Pavillons schrieb.

In diesem Augenblick kam ein junger Mann herbei und sprach mich an.
»Du hast eine sehr gute Stimme für Gedichte. Klar wie ein Windspiel.«
»Wer bist du?«
Schnell tat ich einen Sprung rückwärts, dann hielt ich inne. Es machte mir ziemlich Angst, mit einem Menschen zu sprechen.
»Fürchte dich nicht. Ich habe das Gedicht, das du gerade gelesen hast, auf den Stein da geschrieben.«
Er war nicht sehr groß und trug eine runde Brille mit Goldrand und eine blaue Jacke.
»So einen Fisch wie dich habe ich noch nie gesehen.«
Nachdem er mich genau betrachtet hatte, bot er mir plötzlich die Hand. Ich verweigerte mich nicht, denn jemand, der Gedichte auf die Stufen des Seomho-jeong schrieb, besaß gewiss ein gutes Herz und musste nicht mit Argwohn betrachtet werden.
»Ach, du hast ja Flügel! Wie merkwürdig. Ich wusste zwar, dass es fliegende Fische gibt, hätte jedoch nicht gedacht, dass ich selbst je auf einen treffen könnte. Jedenfalls freut es mich sehr, dich kennenzulernen.«
Er ergriff meinen Flügel und schüttelte ihn freundlich.
»Als Kind bin ich oft zu diesem Pavillon gekommen, um mit meinen Freunden Murmeln oder Karten zu spielen, genau hier an dieser Stelle! Aber sag mal, wie heißt du eigentlich?«
»Blauperlenauge.«
»Ach, was für ein schöner Name! Aber du siehst unglücklich aus. Hast du Probleme? Bist du wegen irgendetwas

traurig? Sag es mir nur, dann schreibe ich ein Gedicht, das dir helfen wird, deinen Kummer zu überwinden.«
Wie ich vermutet hatte, besaß er ein gutes Herz. Noch bevor ich überhaupt daran dachte, ihm mein Herz zu öffnen, hatte er mich durchschaut.
»Ein Freund von mir ist an meiner Stelle gestorben. Als ich von einem Falken angegriffen wurde, hat er ihn abgelenkt.«
Kaum hatte ich vom Tod des Regenpfeifers erzählt, begann ich heftig zu schluchzen.
»Auch ich habe einmal den Tod eines Freundes verursacht. Als Kind bin ich dort drüben unter der Brücke schwimmen gegangen und dabei in tiefes Wasser geraten. Ich wäre gestorben, hätte dieser Freund mich nicht gerettet. Aber dann konnte er sich selbst nicht mehr über Wasser halten und ist ertrunken.«
Er drückte noch einmal meinen Flügel. Wir dachten beide an unseren toten Freund und spürten den gleichen Schmerz im Herzen.
»Was meinst du, wieso der Regenpfeifer für mich gestorben ist?«
»Weil er dich geliebt hat.«
Das erwiderte der Dichter ohne das geringste Zögern, doch ich schüttelte den Kopf, weil ich nicht glauben konnte, was er sagte.
»Wir hatten uns doch erst am Tag vorher kennengelernt. Wie hätte er in so kurzer Zeit Liebe für mich empfinden können?«
»Mit der Liebe geht es manchmal schnell, Blauperlenauge. Es kommt vor, dass sie in einem Moment entsteht, beim ersten Blick, wie ein Blitz.«

»Dennoch braucht Liebe Zeit.«
»Gewiss, das bestreite ich nicht. Wichtiger ist aber, wie und wie sehr man liebt. Für die Liebe des Regenpfeifers hat Zeit offenbar keine Rolle gespielt.«
Ich sehnte mich danach, den Regenpfeifer wiederzusehen. Seine Liebe war vergangen wie das Wellenspiel auf dem Seomjin, aber sie hatte mein Herz tief bewegt.
»Noch heute, so viele Jahre später, frage ich mich manchmal, wieso dieser Freund mich gerettet hat und dann gestorben ist. Aber soviel ich auch darüber nachdenke, ich komme immer zu dem Schluss, dass es aus Liebe geschehen ist. Weil er mich wirklich geliebt hat, ist er gestorben, um mich zu retten. Deshalb denke ich, dass es der Kern der Liebe ist, Opfer zu bringen. Ohne Opfer keine Liebe. Viele Menschen sind nicht fähig, etwas zu opfern, und können daher auch nicht lieben.«
Wir schwiegen eine Weile und schauten einander in die Augen. In denen des Dichters schwebte der blaue Himmel.
»Hör mal, du hast ja blaue Perlenaugen wie ich!«, sagte ich.
Er lächelte fröhlich, vielleicht, weil er meine Worte lustig fand.
»Du musst lernen, wie man Liebe schenkt, Blauperlenauge. Manche Leute können Liebe nur empfangen, wissen aber nicht, wie man sie schenkt. Und wenn das so ist, geht selbst die Liebe verloren, die sie empfangen haben.«
Als ich in das lächelnde Gesicht des Dichters sah, hielt Friede Einzug in mein Herz. Dieses Lächeln schien mich aufzufordern, alles zu fragen, was ich wissen wollte.

»Lieber Herr, ich verstehe einfach nicht, wieso es den Tod selbst in der Liebe geben muss.«
Ich hatte noch viel im Sinn, was ich ihn fragen wollte. In dieser Welt zu leben brachte zahllose Fragen mit sich.
»Das liegt daran, dass die Liebe oft erst durch den Tod vollkommen wird. Vor einigen Jahren haben Schüler von der Jeonju-Oberschule mehrere Erstklässler vor dem Ertrinken gerettet, sind dabei aber ums Leben gekommen. Das hat mich die vollkommenste Form menschlicher Liebe erahnen lassen. Wie wäre so ein Tod ohne Liebe möglich gewesen?«
»Aber der Tod ist doch bestimmt kein Anfang, sondern ein Ende?«
»Keineswegs. Deine Beziehung zu dem Regenpfeifer hat schließlich nicht geendet, weil er gestorben ist. Er lebt noch jetzt in deiner Brust, und eure Beziehung ist so liebevoll wie eh und je.«
»Ich weiß nicht recht. Wie soll ich denn nun leben? Ich dachte, ein Leben, in dem ich umherfliege, würde bedeutungsvoller sein als eines, in dem ich an einem Dach hänge, aber wenn ich jetzt darüber nachdenke, erscheint mir die äußere Form gar nicht so wichtig.«
»Das könnte stimmen. Auf die Form, die das Leben annimmt, kommt es wirklich nicht so an.«
»Aber was ist dann das Wichtigste?«
»Ein liebevolles Herz zu haben. Am wichtigsten ist es, für jemanden, den man liebt, alles zu geben. Zu lieben – um nichts anderes geht es.«
Ein sanfter Wind strich durch den Bambushain auf dem Hang hinter dem Pavillon. Mir war, als könnte ich zumindest ansatzweise begreifen, was der Dichter gesagt hatte.

Der Wind fuhr durch den Bambus. Der Wind im Bambushain ließ mein Herz erbeben. Für den Regenpfeifer, der sich aus Liebe ganz hingegeben hatte, musste ich den heutigen Tag voll und ganz erleben.

»Lebe wohl, Dichter!«
Ich verließ den Mann, der Gedichte auf die Stufen des Seomho-jeong schrieb, und flog auf die Eisenbahnbrücke zu.
Lange musste ich nicht warten, bis ein Zug über die Brücke fuhr. Schnell landete ich auf seinem Dach. Nachdem der Zug durch den Bahnhof von Suncheon und dann durch den von Daejeon gekommen war, erreichte er schließlich Seoul, wo er stehen blieb. Immerhin begriff ich inzwischen, dass der Zug, nur weil er sich nicht mehr bewegte, nicht gestorben war.
Der Hauptbahnhof von Seoul war von Fliederduft erfüllt. Viele Menschen warteten darauf, die Ankommenden zu begrüßen. Ich fand es sehr bewegend, dass man, wenn man an einem Bahnhof ankam, von jemandem erwartet wurde. Die Leute, die gewartet hatten, umarmten die Ankommenden leicht, nahmen ihnen das schwere Gepäck ab und gingen mit ihnen davon.
Auf mich wartete niemand, und ich hatte keine Ahnung, wo ich hinsollte. Dennoch schlug mein Herz in Erwartung neuer Begegnungen.
Langsam folgte ich dem Fliederduft zu dem Postamt vor dem Bahnhof, von wo er kam.
Als ein paar Obdachlose, die trinkend auf der Fußgängerbrücke standen, mich erspähten, riefen sie: »Holen wir uns den Burschen da, dann gibt's eine Portion rohen Fisch!«

Ich hatte den Eindruck, dass Seoul ein beängstigender Ort war, an dem hinter jeder Ecke Gefahren lauerten. Die Atmosphäre war ganz anders als in dem buddhistischen Laden in Insa-dong, wo ich früher gelebt hatte. Dennoch spürte ich vage, dass ich keine Angst zu haben brauchte. Schließlich hatte ich schon den Angriff des Falken und den Tod des Regenpfeifers miterlebt.
Meine erste Nacht in Seoul verbrachte ich wie ein Obdachloser zusammengekauert neben ein paar Abfalleimern unter der Yeomcheon-Brücke. Dennoch vergoss ich keine Tränen. Die Lichter der Züge, die zu den Abstellgleisen in Susaek fuhren, um dort zu schlafen, hielten mich warm. Als zwischen den Hochhäusern die Mondsichel aufging, sah ich, dass die Nächte selbst in Seoul schön sein können.
Fasziniert von den vorüberfahrenden Zügen, verbrachte ich mehrere Nächte unter der Brücke. Wie schön der Nachthimmel wäre, wenn die Züge Flügel bekämen und fliegen könnten, dachte ich. Und wie lustig, wenn die Bahnhöfe oben am Himmel wären und die Fahrgäste dort hinaufmüssten, um ein- und auszusteigen!
So vergingen die Tage, bis einmal ein grauer Täuberich unter die Brücke geflogen kam und mich ansprach.
»Du bist vom Land gekommen, nicht wahr?«, fragte er. »Vor Kurzem erst, oder?«
Er drehte unablässig den Kopf hin und her. Offenbar war er immer auf Futtersuche.
»Woher weißt du das?«
»Weil ich dich in den letzten Tagen hier herumsitzen gesehen habe. In Seoul kommt man aber nicht durch,

wenn man bloß Züge beobachtet. Hier muss man hart arbeiten, um zu überleben.«

»Seoul ist so schön«, sagte ich. »Und seit du da bist, kommt es mir noch schöner vor.«

Um das Thema zu wechseln, schmeichelte ich dem Täuberich ein bisschen.

»Ja, manche Leute sagen das. Aber in Seoul leben auch viele arme Teufel, die diese Schönheit nicht genießen können. Und das Problem ist, dass es immer mehr von denen gibt.«

So plapperte der Täuberich weiter. Vielleicht hatte ihm meine Schmeichelei gefallen.

»Ich wohne auf dem Dach vom Rathaus. Manchmal fliege ich zum Deoksu-Palast, hierher oder zu dem Platz vor dem Hauptbahnhof, um Futter zu suchen. Aber wieso bist du nach Seoul gekommen?«

Immer wenn der Täuberich etwas zu fressen sah, pickte er danach, sogar mitten im Satz.

»Um Ausschau nach einem Partner zu halten. Ich hoffe, dass ich in Seoul meinen wahren Partner finde, einen, der mich am Bahnhof abholt, wenn ich von irgendwoher mit dem Zug ankomme.«

»Und deshalb hast du den weiten Weg nach Seoul gemacht?«

Der Täuberich blickte drein, als fände er das ziemlich seltsam.

»Ja, ich bin vom Tempel Unju-sa, weit weg in Hwasun, hierhergeflogen, um meinen wahren Partner zu finden.«

»Tja, ich weiß nicht recht, ob du in Seoul auf einen anderen fliegenden Karpfen triffst. Schließlich bin ich schon lange hier, aber einen Karpfen, der so ausgesehen hätte wie du, habe ich noch nie getroffen.«

»Wenn ich es wirklich will, werden wir einander begegnen. Da bin ich mir sicher.«

»Ich habe den Eindruck, du bist einfach zu naiv. Das Leben in Seoul macht mir oft Angst. Zum Beispiel warten die Leute nur darauf, dich zu verspeisen. Ein falscher Schritt, und du bist erledigt!«

Mit besorgtem Blick zeigte der Täuberich mir seinen rechten Fuß. Erstaunt sah ich, dass da nur noch ein Zeh dran war.

»Willst du wissen, wie das passiert ist? Ich habe mich in einer Nylon-Wäscheleine verfangen, die jemand weggeworfen hatte. Dadurch ist kein Blut mehr in meine Zehen geflossen, weshalb sie verfault und abgefallen sind. Wenn du in Seoul überleben willst, musst du vor allem auf Sachen aus Plastik und solche Leinen achtgeben. Einer von meinen Freunden hat ein Stück Plastik geschluckt, und es ist ihm in der Kehle stecken geblieben. Er ist daran erstickt.«

Während wir uns unterhielten, fuhren über uns mehrere Züge mit dunklen Wagenfenstern vorüber, um am Bahnhof von Susaek schlafen zu gehen. Heute Nacht, dachte ich, werden diese Züge Flügel bekommen und durch den Himmel über Seoul fliegen. Außerdem glaubte ich daran, dass irgendwo in Seoul ein anderer Karpfen auf mich wartete.

Nachdem ich einige weitere Nächte bei den Obdachlosen unter der Yeomcheon-Brücke verbracht hatte, verließ ich die Gegend um den Hauptbahnhof von Seoul. Da ich den Eindruck hatte, dass ich dort kaum auf meinen wahren Partner treffen würde, flog ich in der Morgendämmerung nach Insa-dong. In diesem Stadtviertel hat mein Leben begonnen, weshalb ich es ohne Übertreibung als meine Heimat bezeichnen kann.

Es war Samstag, daher wimmelte es in Insa-dong von jungen Leuten. Ich flog mitten unter ihnen spazieren und spähte in jede Gasse. »Ich könnte Blumen streuen«, »Mein Mann ist Holzfäller«, »Verseng den Mond mit einer Moskitospirale!« – die Namen der Kneipen und Teestuben waren so lustig, dass ich immer wieder lachen musste.

Am Straßenrand wurden Antiquitäten zum Verkauf angeboten. Es gab allerhand Dinge, die ich zum ersten Mal im Leben sah, zum Beispiel bronzene Buddhaköpfe, Holzpantoffeln, mit Holzkohle befeuerte Bügeleisen und Stäbe zum Walken von Stoffen. Besonders gefiel mir eine kleine Holzlampe. Die hätte ich gern in einem kleinen, strohgedeckten Haus in der Nähe von Cheonghak-dong am Jiri-san angezündet, um die ganze Nacht bei ihrem Schein Gedichte zu lesen. Da ich die Lampe wiedersehen wollte, flog ich täglich nach Insa-dong. Eines Tages kam eine junge Mutter mit einem Mädchen im Kindergartenalter und kaufte die Lampe. Schnell folgte ich den beiden. Sie nahmen am Bahnhof Anguk die U-Bahn, stiegen in Daechi aus und gingen zu Block 19 im Hochhausviertel Eunma.

Von jenem Tag an hauste ich neben dem Parkplatz vor Block 19. Er war so eng umschlossen, dass es mir schwerfiel zu atmen, wenn die Autos ihre Abgase verströmten, aber es bereitete mir unglaubliche Freude zu sehen, wie die Lampe verwendet wurde. Nach Mitternacht, wenn die Lichter der meisten Leute erloschen waren, stand die junge Mutter auf und entzündete die Lampe. Dann nahm sie leise ein Buch mit Gedichten zur Hand und las darin. Zu sehen, wie sie so etwas las, hatte eine beruhigende Wirkung auf mich. Es brachte mich auf den Gedanken, dass Menschen mehr Schönheit besaßen, als ich bisher geglaubt hatte.

Wen immer du auch liebst,
nimm jemand, der weiß, wann die Herbstblätter
fallen.
Wen immer du auch liebst,
nimm jemand, der weiß, wieso die Herbstblätter an
niedrig liegende Orte fallen.
Wen immer du auch liebst,
nimm jemand, der wie ein Herbstblatt fallen kann.

An Tagen, an denen der rote Oktobermond
untergegangen ist
und du dich nach einem warmen Glühen vor
deinem Fenster sehnst,
wen immer du da auch liebst,
nimm jemand, der wie ein Herbstblatt fallen und
verwesen kann,
nimm jemand, der wie ein Herbstblatt verwesen
und darauf warten kann, dass der Frühling
wiederkehrt.

Manchmal las ich im Herzen der jungen Mutter das Gedicht, das sie gerade las: *Wen immer du auch liebst*. Bald konnte ich beinahe den ganzen Text auswendig hersagen. Natürlich wuchs mir auch ihre Tochter ans Herz. Die besuchte seit einem knappen Monat den Kindergarten von Eunma und trug den Namen Jeong Dasomi. Die Welt von Dasomi war voll blumengleicher Schönheit.
Wenn es Zeit war, dass Dasomi vom Kindergarten nach Hause kam, begab ich mich zum Eingang des Wohnblocks, um auf sie zu warten. Natürlich erwartete sie auch mich, und wir schlossen enge Freundschaft. Manchmal saß ich, bis sie nach der Rückkehr aus dem Kindergarten zur Klavierstunde aufbrach, auf ihrem Kopf, um mit ihr zu spielen. An der Straße, die zur Musikschule führte, blühte hier und da gelber Löwenzahn. Den mochte Dasomi besonders gern.
Eines Tages war Dasomi vom Kindergarten zurückgekommen und machte sich, nachdem sie eine Weile mit mir gespielt hatte, auf den Weg zur Klavierstunde.

19

»Ach, sieh nur, da blüht ein Löwenzahn!«
Während sie den Zebrastreifen überquerte, entdeckte sie einen Löwenzahn, der mitten auf der Straße blühte, und blieb stehen.
Die Blume wuchs aus einem Riss im Asphalt und war gerade erst aufgeblüht. Das war wirklich erstaunlich, nicht nur, dass sie mitten auf der Straße wuchs, sondern auch, dass noch niemand auf sie getreten war.
Während sie über die Straße ging, warf Dasomi einen kurzen Blick auf den Löwenzahn. Gleich würde die Ampel von Grün auf Rot schalten. Plötzlich kam Dasomi offenbar auf eine Idee, denn sie machte kehrt und rannte zu dem Löwenzahn zurück.
»Bleib da, Dasomi, das ist gefährlich!«, rief ich verzweifelt. Vielleicht hörte sie mich nicht, denn sie rannte weiter, dorthin, wo der Löwenzahn wuchs, und zog ihn mitsamt der Wurzel heraus. In diesem Moment sprang die Ampel um, und ein Lastwagen raste los, ohne Dasomi zu bemerken.
Sie stürzte zu Boden. Leute kamen herbeigelaufen. Ich saß auf dem Ast eines Ahornbaums und sah sie stürzen. Mir entging kein einziges Detail.
Während Dasomi in einem Rettungswagen zum Krankenhaus befördert wurde, umklammerte ihre winzige Hand immer noch den Löwenzahn. Zwei Tage vergingen, ohne dass sie wieder zu Bewusstsein kam. Obwohl sie bewusstlos war, murmelte sie manchmal: »Mama, der Löwenzahn!«, und tastete nach der Blume. Schließlich starb sie nach zehn Tagen im Krankenhaus.
Die Mutter von Dasomi weinte voll Trauer, während sie Löwenzahn auf das Grab ihrer Tochter pflanzte. Wer sie

dabei beobachtete, vergoss ebenfalls Tränen. Es war das erste Mal, dass auch ich Tränen um einen Menschen weinte.
Dasomi hatte ihr Leben hingegeben, um einen Löwenzahn zu retten. Sie hatte einfach nicht dastehen und zusehen können, wie er von einem dahinrasenden Auto überfahren und getötet wurde.
Ich hatte das Gefühl, sie zu verstehen. Hatte der Regenpfeifer sein Leben für mich geopfert, so hatte sie ihr Leben für einen einzelnen Löwenzahn geopfert.
Dennoch war ich traurig:
Weshalb sollte die Konsequenz von wahrer Liebe der Tod sein?
Bis eines Tages Dasomi zu mir sprach. Dasomi, die gerade in meinem Herzen lebendig geworden war, sagte mit einem hellen Lächeln: »Sei nicht zu traurig. Die Liebe ist stärker als der Tod, heißt es. Für die Liebe muss man alles opfern.«

Noch lange verbrachte ich die Nächte neben dem Parkplatz von Block 19 in Eunma, wo Dasomi nicht mehr lebte. Auch entzündete ihre Mutter die Lampe nachts nicht mehr. Ich hörte sie nicht mehr einen Finger befeuchten und die Seiten des Gedichtbuchs umblättern, während die Stunden vergingen.

Die Nächte, in denen die Lampe nicht brannte, waren düster. Dennoch wollte ich erst von dort fortgehen, wenn Dasomis Mutter die Lampe wieder zur Hand nahm.

Während ich Nacht für Nacht darauf wartete, dass die Lampe entzündet wurde, dachte ich über das Wesen der Liebe nach, das mir durch Dasomi bewusst geworden war. Wieder beschäftigte ich mich eingehend mit dem Gedanken, dass Liebe im gewöhnlichen Alltag mit Opfern verbunden ist. Gründet sie sich nicht darauf, so ist sie nichts als Täuschung.

Vielleicht lag es an diesen Gedanken nach dem Tod von Dasomi, dass mir immer wieder das Gesicht von Schwarzperlenauge in den Sinn kam. Besorgt fragte ich mich, ob jetzt, da er ganz allein war, seine Windglocke auch den

richtigen Ton erklingen ließ. Sonst wurde er womöglich von den Mönchen gescholten.
Ich staunte über mich selbst. Als mir dämmerte, dass ich noch immer an Schwarzperlenauge dachte, wurde es in einem Winkel meines Herzens so hell, als ginge dort die Sonne auf.
Seit dem Tod von Dasomi war ein Jahr vergangen. Wieder blühte überall der Löwenzahn. Auch vor dem Parkplatz von Block 19 in Eunma leuchteten gelb die Blüten.
Beim Anblick des Löwenzahns war ich so froh, als hätte ich Dasomi wiedergesehen, und sobald die Blüten aufgingen, entzündete Dasomis Mutter die Lampe. Spät in der Nacht hörte ich sie die Seiten des Gedichtbuchs umblättern. Es war noch nicht lange her, und dennoch hatte die Zeit die Kraft besessen, sie in ihrem Kummer zu trösten und vergessen zu lassen.
Als die Schirmchen des Löwenzahns im Wind davonsegelten, verließ ich die Wohnblocks und machte mich auf die Suche nach meiner wahren Liebe. So wie es Leben gibt, wo Tod ist, gibt es eine Straße, die da anfängt, wo eine andere geendet hat. In diesem Moment wollte ich nicht geliebt werden, sondern jemanden lieben.
Am Bahnhof Daechi nahe den Wohnblocks nahm ich die U-Bahn nach Suseo. Auf dem Weg zum Bahnsteig hatte ich noch gedacht, es würde beklemmend sein, mit einem tief unter dem Erdboden dahinrasenden Zug zu fahren, doch unvermutet empfand ich es überhaupt nicht so. Es machte mir sogar Spaß zu beobachten, wie die Leute den verschiedenen Schildern und Pfeilen folgten. Ich beeilte mich, mit ihnen Schritt zu halten. In Suseo stieg ich wie

viele andere in die Bundang-Linie um und dann am letzten Bahnhof aus. Ich nahm an, dass dieser ein gutes Stück jenseits der Stadtgrenze lag.

Tatsächlich fand ich mich in einem Wald wieder, doch der bestand nicht aus Bäumen. Vielmehr war ich umgeben von einem Wald aus Wohnblocks. Obwohl das ein bisschen enttäuschend war, flog ich die Straße zwischen den Gebäuden entlang.

Auch hier trug der Wind Löwenzahnschirmchen durch die Luft, und ich landete sanft dort, wo sie zu Boden sanken.

Eine kleine Menschenmenge hatte sich um einen Handkarren versammelt, an dem es etwas zu essen gab. Unter den Leuten waren Kinder wie Dasomi und erwachsene Frauen. Als ich den Kopf hob und nach oben blickte, sah ich ein ungelenk geschriebenes Schild: »Karpfengebäck mit Klebreis«. Darunter lagen auf den Stäben eines Holzkohlegrills Seite an Seite mehrere Karpfen, die kein Wort sagten.

Zuerst dachte ich, das könnten keine echten Karpfen sein, doch es waren eindeutig welche. Ihre dicht mit Schuppen bedeckte Brust, die hervorquellenden runden Augen, die gabelförmigen Schwänze und ihre Flossen wiesen zweifelsfrei darauf hin.

»Was tut ihr denn da?«

Froh, die anderen zu sehen, ließ ich mich neben ihnen nieder. Und dabei merkte ich, dass es auf dem Grill ausgesprochen heiß war.

»Wieso um Himmels willen liegt ihr denn an einem derart heißen Ort?«, fragte ich den Karpfen neben mir, während ich mich unbehaglich wand.

Die Karpfen lagen da, ohne sich zu regen, als würde die vom Grill aufsteigende Hitze ihnen überhaupt nichts ausmachen.
»Wir sind keine Karpfen, sondern Karpfengebäck«, erwiderten sie ruhig.
»Was soll das sein?«
»Wir sind Gebäck, das die Leute essen.«
»Nein, ihr seid Karpfen. Ich kann euch gar nicht sagen, wie lange ich nach euch gesucht habe. Früher habe ich am Tempel Unju-sa gelebt, weit weg in Hwasun in der Provinz Jeollanam, aber dann bin ich nach Seoul gekommen. Ihr seid die ersten Karpfen, auf die ich treffe, seit ich mich hier aufhalte. Ich freue mich so, euch zu sehen.«
Ich spürte mein Herz vor Freude schlagen. Wäre die Glut nicht so heiß gewesen, ich hätte die anderen gern bei den Flossen ergriffen, um mit ihnen zu tanzen.
»Das ist ein Missverständnis. Karpfen und Karpfengebäck sind unterschiedliche Dinge. Wir sind keine Karpfen.«
Da sie darauf beharrten, keine Karpfen zu sein, kam mir eine andere Idee.
»Ich freue mich trotzdem, euch zu sehen. Obwohl ihr euch als Karpfengebäck bezeichnet, seid ihr doch zweifellos Karpfen. Weshalb hätte man euch sonst diesen Namen geben sollen?«
»Tja, das stimmt natürlich. Wenn man es so sieht, auf jeden Fall.«
Einige von ihnen nickten und lächelten mich an. Bald wurde jedoch aus dem Lächeln ein Ausdruck des Bedauerns.

»Hier darfst du nicht bleiben. Mach dich schnell davon!«
»Wieso?«
»Mit deinen Flügeln bist du eindeutig ein ganz besonderer Karpfen. Flieg weg, rasch! Du musst die Leute fürchten.«
Im Chor riefen sie mir zu, ich solle schleunigst die Flucht ergreifen.
Da sah ich etwas wirklich Erstaunliches, auch wenn ich noch immer nicht begriff, worauf sie hinauswollten. Einer der Karpfen, die gesagt hatten, ich solle mich schnell davonmachen, wurde von einer Hand ergriffen und dann verschlungen. Zuerst wurde der hintere Teil mit der Schwanzflosse abgebissen und vertilgt, darauf folgte die Brust, bis schließlich der gesamte Körper im Mund eines Menschen verschwunden war.
In wenigen Augenblicken war es vorbei. Dennoch machten die anderen Karpfen keinen Versuch zu fliehen, sondern drängten nur mich dazu.
»Ihr solltet auch weg von hier«, sagte ich. »Wieso liegt ihr einfach da, statt die Flucht zu ergreifen?«
»Weil wir von Geburt an zum Sterben bestimmt sind. Wir sind dazu geboren, im Mund eines Menschen zu landen und gegessen zu werden. Das ist unser ganzes Leben. Mach dir um uns also keine Sorgen.«
Noch bevor der Fisch, der das sagte, seinen Satz beendet hatte, wurde er von den Händen eines Mädchens ergriffen, und bald war sein ganzer Körper aufgegessen.
So verschwanden die Karpfen einer nach dem anderen, indem sie von Leuten verzehrt wurden.
»Was tust du noch hier? Mach dich davon! Sonst stirbst du auch!«

Noch während die anderen verschlungen wurden, riefen sie mir zu, ich solle schnell fliehen. Einen Moment lang fehlte es mir dazu an Kraft, so sehr erschreckte es mich zu sehen, wie die mit Klebreis gefüllten Karpfen starben. Was war wohl die Bedeutung eines Lebens, das bereits kurz nach der Geburt im Mund irgendeines Menschen endete?

»Ach, der Karpfen da ist was Besonderes. Der wird bestimmt lecker sein!«

Eine Frau mit rot lackierten Fingernägeln ergriff mich. Dabei machte sie Kaubewegungen und schmatzte mit den Lippen, als wären ihr die Schmerzen von Karpfen völlig gleichgültig.

Sobald sie mich in den Mund stecken wollte, schlug ich kräftig mit dem Schwanz, um davonzufliegen, weg von ihr und dem Grill. Offensichtlich hatte sie nicht erwartet, mich in den Himmel fliegen zu sehen, deshalb blickte sie mir erschrocken hinterher.

Immer höher flog ich. Dicht über meinem Kopf zog eine weiße Wolke vorüber. In meinen Augen standen Tränen. Ich musste ständig an die gebackenen Karpfen denken, die mir noch im Sterben zugerufen hatten, ich solle die Flucht ergreifen.

Weshalb hatten sie mich so dringlich dazu aufgefordert? Was war der Grund dafür? Hatte es sich auch dabei womöglich um Liebe gehandelt?

Lieben musst du jetzt, in diesem Augenblick. Verschieb es nicht auf morgen.

Offenbar war es das, was die gebackenen Karpfen sich unter Liebe vorgestellt hatten. Wenn sie mich nicht in jenem Moment geliebt hätten, dort an Ort und Stelle, was wäre dann wohl aus mir geworden? Wahrscheinlich wäre ich direkt im Mund der Frau gelandet und unter dem Schmatzen ihrer Lippen gestorben.

Über Liebe kann man leicht reden und singen, aber sie in die Tat umzusetzen ist überhaupt nicht leicht. Dennoch hatten die Karpfen mich sofort geliebt, selbst in ihren entscheidenden letzten Augenblicken.

Während ich weiterflog, dachte ich über das, was die Karpfen mich über das Leben gelehrt hatten, nach.

Endlich hatte ich Bundang hinter mir gelassen. Unter mir erstreckten sich Straßen, auf denen Fahrzeuge dahinrasten. Allmählich senkte sich Dunkelheit über den Katzenschweif und die Veilchen, die auf den Streifen zwischen den Feldern blühten. Wie lange ich wohl schon geflogen war? Am Fuß der Hügel sah ich ein helles Licht, das mich anlockte.

GONJIAM
Restaurant

Rasch flog ich darauf zu. Das Licht stammte von den Neonröhren eines Schildes, auf dem »Gonjiam Restaurant« stand. Merkwürdig an dem Schild war, dass darauf der aus flackernden roten Lichtern geschaffene Umriss eines Karpfens leuchtete. Unter den Worten »Gedämpfte Karpfen« und »Frittierte Karpfen» bewegte er seine schimmernde Schwanzflosse auf und ab. Als ich das sah, schlug mein Herz schneller.

Wenn du lieben willst, tu es sofort.

Daran erinnerte ich mich, als ich langsam auf den leuchtenden Fisch zuflog.

»Du bist wirklich hübsch. So hell und schillernd. Ich habe noch nie einen Karpfen gesehen, der so schön war wie du.«

Noch während ich mich ihm näherte, gestand ich ihm meine Gefühle.

»Ich bin Blauperlenauge. Auch du hast blaue Augen. Ich glaube, wir sind uns schon mal irgendwo begegnet, nicht wahr?«

Verliebt rückte ich an ihn heran.

Plötzlich hob er die Schwanzflosse. »Komm bloß nicht näher«, rief er kühl. »Du darfst nicht herkommen. Mach dich schnell davon!«

»Ich soll mich davonmachen? Wie kannst du so etwas sagen? Hör auf damit. Plaudern wir lieber ein bisschen!«

Ich setzte mich auf das Schild und sah ihn verliebt an.

»Flieg zurück dahin, wo du hergekommen bist, und zwar sofort, sag ich dir.« Er bedachte mich mit einem mitleidigen Blick. »Dies ist ein Schlachthaus für Karpfen, ein

Ort, an dem sie einen grauenvollen Tod sterben. Also flieg schnell dahin zurück, wo du herkommst, bevor man dich schnappt und tötet.«

Ich konnte nicht glauben, was er da sagte. Ob er das tat, weil er mich nicht mochte?

»Lüg mich nicht an! Reden wir erst einmal miteinander. Ich bin vom Tempel Unju-sa in Hwasun bis hierher gekommen, um Fischen zu begegnen, die mir auf den ersten Blick gefallen, so wie du.«

»Und ich sag dir noch einmal: Flieg schnell wieder nach Hause. Ich liebe niemanden, und auch mein Neonlicht hat nichts mit Liebe zu tun. Für Karpfen ist diese Welt ein viel zu gefährlicher Ort. Gib bloß nicht mir die Schuld, wenn du nicht tust, was ich dir sage, und dir etwas Schlimmes zustößt!«

Eisig senkte er seine Schwanzflosse und weigerte sich, mich auch nur anzuschauen.

Aber ich wollte nicht gleich wieder wegfliegen. Weil ich mich in den leuchtenden Karpfen verliebt hatte, wollte ich nichts tun, was unsere Begegnung bedeutungslos gemacht hätte. Egal, welche Gefahren und Prüfungen mich erwarteten, ich war sicher, dass ich damit fertigwerden konnte.

Ich flog von dem Schild herunter, um durch die halb offene Tür vorsichtig einen Blick in das Restaurant zu werfen. Darin saßen etwa ein Dutzend Gäste an mehreren Tischen und genossen ihr Abendessen. Der Raum war hell erleuchtet und sah überhaupt nicht nach einem Schlachthaus für Karpfen aus. An den Wänden hingen Gemäldereproduktionen, von denen mir besonders *Das*

Angelusläuten von Millet ins Auge fiel. Aus irgendeinem Grund berührte mich die Darstellung eines Bauernpaares, das nach der Ernte in einem herbstlichen Feld steht und beim Läuten der Angelusglocke betend den Kopf neigt.
Ich war so fasziniert von diesem Bild, dass ich zuerst nicht merkte, wie jemand mich mit beiden Händen packte. Als mir endlich klar wurde, dass der Wirt mich gefangen hatte, war es zu spät, um noch zu fliehen.
»Sag mal, du Mistvieh, was machst du eigentlich hier draußen, statt in der Küche zu sein?«
Unter solchen Flüchen wurde ich in die Küche getragen und in einen großen Plastikbottich geworfen. Mir wurde schwindlig, und ich bereute bitter, den Rat des leuchtenden Karpfens nicht befolgt zu haben. Ohne nachzudenken, schrie ich: »Ich bin kein Fisch, ich bin ein Vogel!« Aber niemand achtete auf mich.
Ich hörte den Wirt sagen: »Ihr müsst den Deckel gut zulassen, damit keiner entkommen kann!« Dann wurde der Deckel auf die Öffnung geknallt.
In dem Plastikbottich war es vollkommen dunkel. Ich konnte nicht einmal versuchen zu fliegen. Bei dem Gedanken daran, dass meine Flüge hier enden würden, brach ich in Tränen aus. Das trauernde Gesicht von Schwarzperlenauge kam mir in den Sinn, und dann fielen mir die besorgten Gesichter der ruhenden Buddhas ein.
Statt den Rat des Neonkarpfens zu befolgen, hatte ich unbesonnen gehandelt. Besser hätte ich ihm beipflichten sollen, dass diese Welt ein zu beängstigender und gefährlicher Ort für Karpfen war.

Ich machte mir so viele Vorwürfe, dass ich nicht aufhören konnte zu weinen.
»Komm, weine nicht so sehr.«
Da tröstete mich jemand mit leiser Stimme. Nach einer Weile hob ich den Kopf und sah mich um. Der Bottich war voller Karpfen, die man vor mir gefangen hatte. Es waren Dutzende, teils größer, teils kleiner als eine Menschenhand, und alle schnappten sie nach Luft. Für diese Wassermenge waren es viel zu viele, weshalb es sich um eine regelrechte Karpfenhölle handelte.
»Ich habe früher in einem Fischbecken hier in der Nähe gelebt. Weine nicht so sehr, das hilft jetzt nichts mehr. Jetzt bleibt uns nur noch, uns gegenseitig zu trösten und den Tod anzunehmen. Anfangs wird jeder zornig und weigert sich, das hinzunehmen. Manche geben sogar Gott die Schuld. Aber dann, nach und nach, akzeptieren sie die Realität, dass sie so sterben müssen. Dir wird es wahrscheinlich auch so gehen.«
Ich wusste nicht, was ich erwidern sollte. Sosehr ich auch nachdachte, ich fühlte mich so klein, dass ich einfach den Mund hielt und meine Tränen wegblinzelte.
»Denk an das Gute, das du erlebt hast. Und an jene, die du geliebt hast …«
Ruhig kam der Karpfen näher und klopfte mir auf die Schulter.
Tja, was war wohl das Beste gewesen, das ich erlebt hatte? Der Moment, in dem ich das Schwalbenjunge gerettet und fliegen gelernt hatte? Oder der, als ich das erste Mal geläutet hatte und alle Mönche des Unju-sa angelaufen kamen? Was jene anging, die ich geliebt hatte, fiel mir

sofort Schwarzperlenauge ein. Aber auch die ruhenden Buddhas, von denen ich immer etwas lernen konnte, kamen mir in den Sinn, der Regenpfeifer und die gebackenen Karpfen, die ihr Leben für mich hingegeben hatten …

»Und jene, denen du Unrecht getan hast, bitte um Vergebung.«

Der Karpfen klopfte mir weiter auf die Schulter. Sein klares, weißes Gesicht leuchtete schwach in der Dunkelheit.

»Es ist nicht so, dass ich dich nicht geliebt hätte«, sagte ich im Stillen. »Ich wollte nur nicht mein Leben lang einfach nur dahängen. Verzeih mir, dass ich dich verlassen habe.«

So bat ich Schwarzperlenauge um Vergebung. Da wurde mein Herz ruhiger, und ich dachte, wenn der Tod denn unausweichlich war, konnte ich ihn jetzt annehmen.

»Aber was geschieht nun? Was wird aus mir?«

Ich nahm den Tod an und war trotzdem neugierig, was mich erwartete. Dabei kam mir kurz in den Sinn, dass ich doch bestimmt nicht einfach so sterben konnte.

»Das wirst du bald herausbekommen. Entweder wirst du in Öl gebraten, oder man bestreut dich mit scharfen Gewürzen, bevor du in einer heißen Dampfwolke stirbst. Karpfen sind die Spezialität von diesem Restaurant.«

Nun begriff ich endlich, was die Worte »Gedämpfte Karpfen« und »Frittierte Karpfen« auf dem Neonschild bedeuteten.

Unvermutet wurde der Deckel des Bottichs geöffnet. Blitzartig fuhr eine Hand mit einem kleinen Kescher ins

Wasser und holte den Karpfen, der mit mir gesprochen hatte, heraus.
»Leb wohl! Bis später im Himmel!«
Noch bevor er den Satz beendet hatte, lag er schon auf dem Küchentisch.
Der Koch hatte den Deckel des Bottichs nicht wieder geschlossen, und ich wagte zwar nicht zu fliehen, streckte jedoch den Kopf ein Stück hinaus und sah mich in der Küche um.
Auf dem Tisch kämpfte der Karpfen seinen letzten Kampf. Ein ums andere Mal krümmte er sich wie ein Bogen, um sich gleich darauf wieder zu strecken.
Bald war er dazu nicht mehr in der Lage.
Der Koch wickelte ihm ein Tuch um den Kopf, streute ihm Mehl auf den Körper und tauchte den bestreuten Teil in eine Pfanne mit siedendem Öl.
Um Himmels willen!
Erschrocken riss ich das Maul auf. Sobald der Karpfen im Öl lag, wurde er mit einem zischenden Geräusch gebraten. Wie der leuchtende Karpfen auf dem Schild gesagt hatte, war es ein grauenvoller Anblick. Dies war wirklich ein Schlachthaus für Karpfen.
Bald hatte der Karpfen eine tiefgelbe Färbung angenommen. Der Koch nahm ihn aus der Pfanne und löste das Tuch von seinem Kopf. Während der Körper gebraten war, sah der Kopf genauso aus wie vorher. Die Augen blickten mich an, als wäre noch Leben in ihnen.
Meine Tränen strömten. Es war kaum mit anzusehen, wie der Koch den Fisch auf einen großen Teller mit Blumenmuster legte und zu den Gästen hinausschickte.

Ich hatte angestrengt den Kopf über Wasser gehalten, zog mich nun jedoch wieder in den Bottich zurück. Ans Weiterleben dachte ich nicht mehr. Nachdem ich noch zwei weitere Karpfen wie den ersten hatte sterben sehen, schwand selbst mein Lebenswille. Wenn ich so sterben sollte, würde ich das tun. Ich hatte von einem Leben mit Flügeln geträumt, aber wenn dieser Traum zu einem derart sinnlosen Ergebnis führte, hatte ich keine Wahl; ich musste es akzeptieren.

So wartete ich darauf, unter den Händen des Kochs zu sterben.

Bald war es so weit.

Diesmal war es die Frau des Wirts, die offenbar eine Bestellung aufgenommen hatte und den Kescher in den Bottich tauchte. Ich machte erst gar nicht den Versuch, nicht gefangen zu werden.

»Der Gast an Tisch neun hat einen schönen, frischen Fisch bestellt, also schauen wir mal, ob der da was taugt oder nicht.«

Während die Frau des Wirts mich sorgfältig betrachtete, wiederholte sie den Wunsch des Gastes. Dann trat ein verblüffter Ausdruck auf ihr Gesicht.

»He, wieso hat der denn so große Flossen?«

Sie drehte den Kescher hin und her und starrte mich an.

»Ach, das sind ja gar keine Flossen, das sind Flügel! Ein geflügelter Fisch? Meine Güte, jetzt führe ich dieses Lokal schon über zehn Jahre, aber so einen Fisch sehe ich zum ersten Mal. Schatz, komm doch mal her und sieh dir das an!«

Sie machte ein Theater, als handelte es sich um eine Sensation.
Der Wirt, der gerade dem Koch geholfen hatte, kam hastig angerannt.
»Was ist denn los? Was ist passiert?«
»Schau dir das an, Schatz. Das sind keine Flossen, sondern Flügel!«
»Flügel? Ein Karpfen mit Flügeln?«
»Ja, sieh doch nur!«
Sie entfaltete meine Flügel. Der Wirt befingerte sie argwöhnisch, dann sprang er vor Freude in die Luft, als hätte er in der Lotterie gewonnen.
»Mensch, das muss eine Mutation sein. Ich hab von einem Bauernhof gehört, auf dem ein weißes Kalb geboren wurde, und mit dem haben die Leute ein Vermögen verdient. Jetzt kann ich mit meinem geflügelten Karpfen dasselbe tun. Sieht ganz so aus, als wäre das mein Glücksjahr; endlich ein Jahr, in dem es richtig vorwärtsgeht!«
Der Wirt war so vergnügt, dass er seine Zigarette ausgehen ließ, ohne es zu bemerken.
»Wir müssen diesen Karpfen für einen richtig hohen Preis verkaufen. Zehnmal so teuer wie üblich? Nein, mindestens zwanzigmal mehr muss ich bekommen, wenn nicht gar hundertmal mehr. Was sollten wir sonst mit ihm anfangen? Wieso sollten wir ihn einfach den Gästen servieren?«
Bei der Vorstellung, ordentlich Geld zu machen, schien dem Wirt das Wasser im Mund zusammenzulaufen.
»Schatz, du kennst doch Herrn Park, den Vorsitzenden vom Golfklub Süd-Seoul? Ruf den mal an. Sag ihm, ich

hab was Besonderes, das gut für die Kondition ist. Supergut sogar!«

So plapperte der Wirt weiter, während seine Frau ruhig blieb. Sie betrachtete mich lange, als würde sie über etwas nachdenken, dann antwortete sie bedächtig.

»Wie wäre es denn, wenn wir den Fisch lieber behalten und unseren Gästen zeigen? Wenn es sich herumspricht, dass es hier so etwas Seltenes zu sehen gibt, kommen alle, um es sich anzuschauen. Und dann machen wir ganz automatisch mehr Geschäft.«

»Unsinn. Wenn das Biest stirbt, sind wir aufgeschmissen. Wir müssen was damit anfangen, solange es noch am Leben ist. Eigentlich müsstest du doch wissen, wie so etwas läuft!«

Der Wirt blieb hartnäckig. Mit seinem Argument, man solle mich zu einem hohen Preis verkaufen, solange ich am Leben sei, hatte er wohl durchaus recht. Seine Frau jedoch betrachtete mich noch einmal genauer, als wäre ihr plötzlich etwas in den Sinn gekommen. Dann trat ein nervöser Ausdruck auf ihr Gesicht.

»Lassen wir das lieber, Schatz. Wir sollten den Karpfen da am Leben lassen.«

»Kommt nicht infrage! Wieso denn? Was redest du da?«

»Na ja, mir ist was eingefallen. Wenn dieser Karpfen getötet und gegessen wird, droht uns was Schlimmes, glaube ich. Du sagst zwar, es würde uns Glück bringen, aber ich denke, es bringt eher Unglück.«

»Unsinn, sag ich. Jetzt mach aber mal halblang!«

»Nein, ich hab recht. Der Karpfen da hat magische Kräfte. Ich spüre in ihm eine Art Energie. Wenn wir ihn töten, kann uns wer weiß was zustoßen.«

»Was soll uns denn zustoßen? Und wie kann so ein Karpfen magisch sein? Wir verkaufen ihn zu einem richtig hohen Preis, und die Sache ist erledigt.«

Mir blieb nichts übrig, als der Auseinandersetzung zwischen Mann und Frau schweigend zuzuhören. Von dem Ergebnis hing mein Schicksal ab, doch ich hatte das Gefühl, es ginge um jemand ganz anderen.

»Hör mal, Schatz, morgen ist Buddhas Geburtstag. Feiern wir den doch, indem wir den Karpfen da am Leben lassen und damit Buße für die vielen Karpfen tun, die wir schon getötet haben.«

»Nein, wir werden damit eine Stange Geld verdienen. Hör endlich auf!«

»Schatz, wenn man zum Schlachthaus kommt, steht da ein Gedenkstein für die Seelen der Tiere, die man getötet hat. Einmal im Jahr wird davor ein Opfer für die geschlachteten Rinder dargebracht. Und damit nicht genug, in der Fabrik, wo sie Seidenfäden weben, gibt es ein Denkmal, das die Seelen der Seidenraupen besänftigen soll. Auch denen wird einmal im Jahr etwas geopfert. Wir bringen für die toten Karpfen zwar keine Opfer dar, aber wir sollten wenigstens diesen geflügelten Fisch am Leben lassen. Womöglich hat ihn uns der Himmel geschickt, um uns zu prüfen. Wenn man es recht bedenkt, müssen wir den Karpfen, mit denen wir Tag für Tag unsere Familie ernähren, ungeheuer dankbar sein.«

Der Wirt verzog den Mund, als wollte er noch etwas erwidern, doch er schwieg. Vielleicht dachte er, dass seine Frau doch recht hatte. Er steckte sich eine neue Zigarette an.

»Na gut, na gut«, sagte er schließlich. »Mach, was du willst. Brat ihn oder verschon ihn, das kannst du selbst entscheiden.«

Damit hatte seine Frau sich durchgesetzt.

Dank ihrer Fürsprache brachte man mich am folgenden Morgen nach Yeoju, ans Ufer des südlichen Han-Flusses. Dort fand zu Buddhas Geburtstag eine Zeremonie statt, bei der gefangene Tiere freigelassen wurden, darunter auch ich.

Im Fluss fühlte ich mich wesentlich wohler als in der Luft. Sobald sich meine Flügel gebildet hatten, hatte ich ganz vergessen, dass Fische eigentlich im Wasser lebten.
Ich schlängelte mich zwischen den Pflanzen hindurch und durchstreifte das offene Wasser. Zwischen den Schilfrohren schaukelten Plastikflaschen und Getränkedosen, doch ich achtete nicht darauf. Nicht nur ein Leben im Flug war lebenswert, ein Leben, bei dem man im Wasser schwamm, hatte auch seinen Reiz.
»Schwimm weit weg und hab ein langes, glückliches Leben. Und lass dich bloß nicht wieder fangen!«
Während ich über die Worte, mit denen die Frau des Wirts mich freigelassen hatte, nachdachte, war ich ihr wahrhaft dankbar. Zugleich dankte ich auch Gott, weil ich die Qualen des Todes hatte erfahren dürfen. Diese Qualen hatte Gott mir geschenkt, weil er mich so liebte, und im Dahinschwimmen dachte ich, dass er in solchen Momenten mit mir litt.
Der Fluss fühlte sich weiterhin warm und wohlig an. Plötzlich näherte sich jemand von hinten und stupste

meine Schwanzflosse. Erstaunt hielt ich inne, blickte mich um und sah eine Schar Sumpf- und Wasserschildkröten, die gemeinsam mit mir am Ufer nahe dem Tempel Silleuk-sa freigelassen worden waren.

»Hallo, Karpfen! Schwimmen wir doch zusammen weiter!«

Sie eilten hinter mir her, waren jedoch ziemlich klein. Manche waren gerade einmal so groß wie der kleine Finger eines Menschen.

Ich spielte mit ihnen, während wir dem Fluss folgten. Manchmal übernahm ich die Führung, manchmal schwamm ich hinterher. Dabei fiel mir etwas sehr Merkwürdiges auf. Wenn die Sonne hell durchs Wasser schien, sah ich, dass auf die Schildkröten allerhand Worte gekritzelt waren, »Mögen unsere Wünsche wahr werden« zum Beispiel, »Erfolg bei der Prüfung«, »Wiedervereinigung von Norden und Süden« oder Namen wie »Bak Sun-ja«. Dieses Zeug war mit schwarzem Filzstift hingeschmiert. Doch die großen und kleinen Schildkröten tollten im Fluss umher, als würde ihnen das überhaupt nichts ausmachen.

»Meine Güte, diese Menschen …«

Ohne nachzudenken, überzog ich die Menschen mit Hohn und Spott. Es heißt, wenn ein Hund etwas anbellt, tun hundert andere Hunde dasselbe; so kamen mir die Menschen heute vor.

Ich ließ mich von der Strömung treiben und dachte, dass ich nicht den geringsten Wunsch verspürte, ein Hund zu sein, geschweige denn hundert Hunde. Soweit möglich, hielt ich mich in der Mitte des Flusses. Ich wollte weit,

weit wegreisen, so wie es mir die Frau des Wirts geraten hatte.

Während ich so dahinschwamm, ging der Frühling zu Ende, und der Sommer kam. Inzwischen hatte es über einen Monat lang nicht geregnet; die Sonne brannte vom Himmel. Im Fluss war es furchtbar heiß, besonders da, wo er seichter wurde. Daher ließ ich mich, während ich weitertrieb, immer tiefer nach unten sinken.

Ich verlor jedes Zeitgefühl.

Mit einem Mal merkte ich, dass ich nicht mehr weitergetragen wurde, sondern an Ort und Stelle schwebte. Vorsichtig reckte ich den Kopf aus dem Wasser. Ich befand mich in einem Stausee, in dem keine Strömung mehr herrschte. Ohne es zu merken, hatte ich den eigentlichen Fluss verlassen und war in einen Seitenarm geraten, der hier endete.

Am Fuß des grob aufgeworfenen Damms wuchs üppiges Schilfrohr, hinter dem strahlend die Sonne unterging. Darunter lag überall Müll. Auf einem Schild stand: »Abfall bitte wieder mitnehmen!« Auf einem anderen: »Müll abladen bei Strafe verboten!« Trotzdem häuften sich direkt darunter Müllsäcke, und damit nicht genug, auch ein paar kaputte Fernseher lagen da. Bei einigen war der Bildschirm noch intakt.

Während ich den Kopf aus dem Wasser streckte, erfrischte mich eine kühle Brise. Die jungen Schößlinge, die in den Reisfeldern ringsum gepflanzt worden waren, leuchteten rot in der Abendsonne. Ich fand, dass die strammen Waden der Bauern, die, den Spaten geschultert, nach der Arbeit an den Bewässerungsgräben nach Hause gingen,

richtig gut aussahen. Hier und da standen leere Häuser, in denen niemand mehr wohnte.
Ich beschloss, vorläufig in diesem Stausee zu leben. Dadurch fand ich die Umgebung noch ansprechender, und ich hätte gern gewusst, wie der See wohl hieß.
»Wo sind wir denn hier?«, fragte ich einen Karpfen, der wie ich den Kopf aus dem Wasser streckte, um die abendliche Landschaft zu betrachten.
»Im Hupo-Stausee. Das Wasser ist tief, und es wächst eine Menge Wasserpest, weshalb es ein guter Ort für uns Karpfen ist. Leider kommen seit einiger Zeit viele Angler her, und wir müssen wachsam sein. Pass bitte gut auf!«
Er war genauso zärtlich und fürsorglich wie Schwarzperlenauge. Einen Moment lang verwechselte ich ihn sogar mit Schwarzperlenauge und hätte ihn beinahe umarmt.
»Angler? Was ist das denn?«
Dieses Wort hatte ich noch nie gehört.
»Das sind Leute, die uns fangen wollen. Sie führen uns ständig hinters Licht, und viele von uns fallen ihnen arglos zum Opfer. Wer leichtsinnig ist, schnappt nach dem Köder, den sie an ihren Angelhaken hängen. Dann verhakt er sich darin, sein Maul reißt, und sein sorgloses Leben ist vorüber. Erst gestern habe ich meinen jüngsten Sohn verloren. Obwohl ich so auf ihn aufgepasst habe, hat er den Köder geschluckt. Ich war furchtbar traurig und durcheinander, aber jetzt sind meine Tränen getrocknet.«
Der Karpfen, der behauptete, seine Tränen seien getrocknet, konnte nicht mehr weitersprechen und fing stattdessen bitterlich zu weinen an. Ich wischte ihm die Tränen aus den Augen.

»Danke. Das ist sehr freundlich von dir. Aber pass gut auf, sonst überlebst du nicht. Tja, wenn es keine Angler gäbe, wäre dieser Ort für uns ein wahres Paradies!«

Überall war das Leben in Gefahr, aber ich hatte trotzdem nicht die Absicht, den Stausee zu verlassen. Vor allem gefiel mir, dass hier so viele Karpfen lebten, weshalb ich nicht einsam sein würde. Vielleicht war dies sogar der Ort, an dem ich meinem wahren Lebenspartner begegnete.

An jenem Abend stellte mich der Karpfen, der gerade seinen Sohn verloren hatte, den anderen Fischen als Artgenossen aus dem südlichen Han-Fluss vor. Die anderen dachten, ich hätte einfach nur größere Flossen als üblich, und wären nicht im Traum darauf gekommen, dass ich ein Karpfen mit Flügeln war.

Während die Stunden vergingen, erklärten sie mir einige Regeln und Tabus, an die ich mich halten musste, wenn ich im Stausee leben wollte.

Erstens: Sei nicht neugierig, was die Welt außerhalb des Wassers angeht.

Zweitens: Vertraue den Menschen nicht, selbst wenn es Kinder sind, und begib dich nie in ihre Nähe.

Drittens: Mach dir klar, dass es sich bei jeder Nahrung, die Menschen dir anbieten, um Köder handelt, und friss sie nicht. Verzichte vor allem auf die Würmer, die wir so gern mögen. Hüte dich unbedingt vor Gefräßigkeit.

Viertens: Achte auf den Unterschied zwischen Angelbooten und Frachtkähnen, zwischen Angelleinen und Grasstängeln, zwischen Bleigewichten und Kieselsteinen.

Fünftens: Verlieb dich nicht in die Partnerin von jemand anderem.

Dazu kamen noch weitere Tabus wie etwa: »Lass dich nicht von hellen Lichtern anlocken.« Die hörte ich mir jedoch gar nicht mehr genau an, weil ich glaubte, praktisch alle befolgen zu können – bis auf das erste.
Vordergründig waren die Tage im Stausee friedlich. Ging morgens die Sonne auf, glitzerte ihr Licht auf der Wasseroberfläche; es wehte fast immer ein leichter Wind durch das Schilfrohr, und nachts war das Sternenlicht hell und friedlich.
Aber wo auf der Welt kann es wahren Frieden geben?
Von außen betrachtet, mochte der See einen friedlichen Eindruck machen, doch unter Wasser herrschte ein ständiges Heulen und Klagen. Wenn die Angler mit ihren Transportern angerollt kamen, um die ganze Nacht lang ihre Angelruten aufzustellen, nahmen sie am Morgen Dutzende Karpfen mit, die sie gefangen hatten. Obwohl die älteren Karpfen die jüngeren eindringlich mahnten, sich an die Regeln zu halten, hörte keiner auf sie. Gelegentlich wurden selbst alte Karpfen gefangen, vielleicht, weil sie senil geworden waren. Dann zahlten sie den Preis der Prominenz, indem sie als »große Fische« gerühmt wurden.
Die Angler waren schlau. Sie verwendeten ausschließlich Futter, das Karpfen mochten, weshalb diese der Versuchung nicht widerstehen konnten. Obwohl sie wussten, dass das den sicheren Tod bedeutete, wurden sie schwach und endeten unweigerlich an der Angel.
Nur Karpfen, die standhalten konnten, überlebten. Jene, die keine Geduld hatten, verschwanden einer nach dem anderen. Deshalb hörte das Heulen und Klagen nicht auf.

Täglich wurden Trauerfeiern in Abwesenheit des Leichnams abgehalten. Jeden Abend traf sich das Planungskomitee, um zu besprechen, wie man die Angler davon abbringen könnte zu kommen, aber der einzige Ausweg schien darin zu bestehen, dass die Karpfen sich nicht fangen ließen. Wenn das Fischen schlecht liefe, hörte man die Angler sagen, würden sie von sich aus nicht mehr kommen, doch die Fische waren eben dumm.
Mir machte das alles große Sorgen. Ich konnte einfach nicht alleine fortziehen und die anderen im Stich lassen. Nacht für Nacht grübelte ich darüber nach, wie ich ihren Tränen ein Ende bereiten könnte, fand jedoch keine Lösung. Ich wurde deprimiert und verlor den Appetit. Mein einziges Vergnügen bestand darin, morgens an der Wasseroberfläche ein paar Sonnenstrahlen zu naschen.
Eines Morgens hielt ich, nachdem die nächtlichen Angler sich auf den Heimweg gemacht hatten, wieder einmal Ausschau nach Sonnenstrahlen. Unter der Wasseroberfläche im Osten, in der sich ein verlassenes Bauernhaus spiegelte, entdeckte ich einen strahlend hellen Lichtfleck. Ohne nachzudenken, biss ich hinein. Keinen Moment dachte ich daran, dass dieses Licht mit einem Angelhaken zu tun haben könnte.
Ach, wie ich mich geirrt hatte! Ich hatte gedacht, die Angler wären alle nach Hause gefahren, aber einige waren dageblieben, und in einem von ihren Haken hatte das Licht geblitzt.
Als ich den Sonnenschein schluckte, spürte ich, wie sich etwas Hartes in meiner Kehle verfing. Ein scharfer Schmerz durchfuhr mich.

Obwohl ich mich mit aller Kraft wehrte, wurde ich von einer straffen Angelschnur emporgezogen. Dann war ich plötzlich nicht mehr im Wasser, sondern zappelte mit den Flügeln in der Luft. Ohne den Jubel der Zuschauer – »Mann, ist der riesig!« – hätte ich mir einbilden können, dass ich wieder zu fliegen begonnen hatte.
Ich spürte, wie mein Maul von dem Haken zerrissen wurde. Das tat so weh, dass ich schon dachte, ich würde ohnmächtig, doch ich brachte keinen Ton heraus.
Der Mann, der mich gefangen hatte, holte mit breitem Grinsen seinen Fotoapparat aus der Tasche.
»Los, macht mal ein paar gute Bilder. Der Preis für den größten Fang des Monats gehört eindeutig mir.«
Er holte seine Leine ein, ergriff sie und kletterte die Böschung hinauf.
»So, jetzt kann's losgehen. He, Hu-min, komm doch mal her, damit du auch auf dem Bild bist!«
Noch immer zufrieden grinsend, hob der Mann mich neben seinen Kopf.
Wie ich mit der Angelschnur im Maul da hing, muss ich einen jämmerlichen Anblick geboten haben. Meine Schwanzflosse baumelte herab, mein Kopf wies direkt zum Himmel.
Anschließend wusch der Mann mich mit Salzwasser ab, um mir, wie er sagte, die Energie zu nehmen. Er tauchte ein Handtuch ins Wasser und rieb mich langsam und sorgfältig ab, wobei er sich nicht darum scherte, ob sich hier und da Schuppen lösten. Als er jedoch meine Flügel entfaltete, die wieder auf die Größe von Flossen

geschrumpft waren, murmelte er vor sich hin, als käme ihm etwas suspekt vor.
»Das ist doch ein Karpfen, oder? Merkwürdig. Die Flossen sehen wie Flügel aus. He, Kim, sind das etwa Flügel?«
Offenbar hatte ihn meine Größe so geblendet, dass er mich nicht als fliegenden Fisch erkannt hatte. Kim hingegen sah sofort, was ich war.
»Mann, da steckst du aber in der Patsche«, sagte er. »Das sind tatsächlich Flügel, also ist das ein fliegender Fisch!«
»Ein fliegender Fisch?«
»Ja, Mann, eindeutig!«
»Ein fliegender Fisch …«
Der Angler, der mich gefangen hatte, schob Kim beiseite, um meine Flügel ein zweites Mal zu untersuchen.
»Was habe ich doch für ein Glück«, murmelte er grinsend. »Damit bekomme ich nicht nur den Preis für den größten Fisch, sondern auch den für spezielle Arten …«
»Was sagst du da? Du solltest den sofort freilassen, sonst kriegst du noch mehr Probleme.«
Obwohl ich gefangen und halbtot war, machte ich Kim offenbar gewaltig Angst. Der Mann, der mich gefangen hatte, reagierte allerdings anders.
»Probleme? Was für Probleme? Ganz im Gegenteil! Ich muss einen Abdruck von dieser seltenen Art machen, damit sie der Nachwelt erhalten bleibt.«
»Nein, lass das bleiben. Es gibt Dinge, die für uns Angler tabu sind. Als Kind hab ich von meinem Großvater gehört, dass man einen fliegenden Fisch, wenn man ihn gefangen hat, unversehrt freilassen muss. Ein Freund

von meinem Großvater hat nämlich mal so einen Fisch gekocht und gegessen, statt ihn am Leben zu lassen. Dadurch hat er einen Fluch über sich gebracht, und mehrere Leute aus seiner Familie sind kurz hintereinander gestorben. Du musst also wirklich aufpassen, Mann. Wenn ein Karpfen Flügel bekommen hat, um durch den Himmel zu fliegen, deutet das sicher darauf hin, dass der Himmel auf die Erde herabgestiegen ist.«

Mit solchen Argumenten drang Kim darauf, mich freizulassen. Sogar die Ahnengeschichte zog er heran. Der Mann, der mich gefangen hatte, blieb jedoch stur. Nachdem er mir den Haken aus dem Maul genommen hatte, machte er sich daran, mich mit Tinte zu beschmieren. Noch immer strahlte die Morgensonne vom Himmel. Mein Tod schien unmittelbar bevorzustehen. Ich sehnte mich danach, ein letztes Mal das Sonnenlicht zu kosten, weshalb ich das Maul aufsperrte, so weit ich nur konnte.

Der Mann tränkte Wattebäusche mit Tinte, mit der er meinen ganzen Körper betupfte, bis zu den Augen hin. Bald war ich vollständig mit schwarzer Farbe bedeckt. Das darin enthaltene Gift durchdrang meine Haut, und mir wurde so heiß, dass ich kaum atmen konnte. Die Augen bekam ich natürlich auch nicht mehr auf. Als der Mann meine Flügel und meine Schwanzflosse einrieb, war ich beinahe tot.

Ohne mich regen zu können, spürte ich, wie Reispapier auf meinen Körper gelegt wurde. Mit flinken Bewegungen drückte der Mann das Papier an meine Haut, damit es sich mit Tinte vollsaugte.

»Gut, gut. Kommt richtig schön heraus. Das ist der beste Abdruck, den ich je gemacht habe.«
Er lachte zufrieden.
»So, jetzt bin ich aber hungrig. Wie wär's, wenn wir frühstücken gehen?«
Damit führte er die ganze Gruppe zu dem Lokal am Eingang des Stausees und ließ mich im Gras liegen. Ich wartete darauf, dass der Moment des Todes nahte.
Da kam ein Junge zu mir und wischte mir das Blut vom Maul. Es war der, den der Mann mit dem Namen Hu-min gerufen hatte.
»Es tut mir leid, fliegender Fisch. Los, flieg weg, ja?«
Der Junge wollte, dass ich davonflog, doch das konnte ich nicht. Mein ganzer Körper war so schwach, dass ich mich überhaupt nicht rühren konnte.
»Ich möchte so gern sehen, wie du losfliegst. Tu das doch bitte!«
Er füllte einen Eimer mit Wasser und legte mich hinein, worauf ich mich allmählich erholte. Wenn der Junge mich fliegen sehen wollte, durfte ich ihn nicht enttäuschen. Ich nahm alle Kraft zusammen, bewegte langsam die Flügel, und dann stieg ich plötzlich wieder in die Luft. Es war ein Wunder!

Der Junge winkte mir Lebewohl. Zum Zeichen der Dankbarkeit kreiste ich zweimal über seinem Kopf, bevor ich den Stausee hinter mir ließ.

Ich weinte nicht, sondern war erfüllt von Dankbarkeit. Wie dankbar ich doch war, dem Tod entkommen zu sein – und dafür, dass gerade jetzt ein kurzer Schauer kam und mir die restliche Tinte vom Körper wusch!

Früher wäre ich nicht in der Lage gewesen, so zu empfinden. Ich hätte nicht erkannt, dass ich schon für die Tatsache, am Leben zu sein, immer dankbar sein musste. Erst recht hätte ich Dank empfinden müssen, weil ich ein erfülltes Leben lebte, und hatte das törichterweise nicht getan. Jetzt, nachdem ich mehrfach Todesqualen ausgestanden hatte, war ich einfach froh und dankbar dafür, am Leben zu sein.

So dachte ich und sehnte ich mich nach einem Ort, an dem ich mich in aller Stille ausruhen konnte. Die Vorstellung, je wieder in die Welt der Menschen zurückzukehren, machte mir Angst. Ich flog über Reisfelder und Wiesen, hielt jedoch entschlossen auf die Berge zu, die sich am anderen Ende der Ebene erhoben.

Immer weiter flog ich dahin.

Kurz vor Sonnenuntergang erspähte ich am Fuß des Myeongji-Berges in Gapyeong ein verlassenes Haus und steuerte ohne Zögern darauf zu. Der Garten mit dem hohen Gras gefiel mir, weil darin eine Kräuselmyrte blühte. Der Brunnen war noch nicht ausgetrocknet, und auf der Terrasse sah ich ein paar zerbrochene Tontöpfe, halb mit Regenwasser gefüllt. Hinter dem Haus lag allerhand

landwirtschaftliches Werkzeug wie Spaten und Hacken herum.
Auch im Haus fand ich mehrere Gerätschaften, darunter einen aus Zweigen gebundenen Besen mit einer Kehrschaufel und eine gebogene Bambusstange, um sich am Rücken zu kratzen. Als ich im Schlafzimmer einen Nachttopf aus Messing in der Ecke stehen sah, musste ich lachen. An einer Kleiderstange hing ein Mantel, an der Wand das Bild eines jungen Mannes mit Doktorhut. Daneben hing ein Hochzeitsfoto, das Braut und Bräutigam mit dem Standesbeamten zeigte. Vielleicht war das die Hochzeit desselben jungen Mannes gewesen. Dann kam das Bild einer Feier zum sechzigsten Geburtstag, auf dem ein älteres Paar hinter einem zeremoniell geschmückten Tisch saß, zu beiden Seiten von Kindern und Enkeln umgeben.
Die beiden verströmten eine solche Harmonie, dass ich das Foto eine ganze Weile betrachtete. Dabei dachte ich mit einem Mal an Schwarzperlenauge und stellte mir vor, wie wir gemeinsam lange in diesem leeren Haus lebten und Kinder bekamen. Doch dieser Traum verflüchtigte sich rasch. Ich würde Schwarzperlenauge nie dazu bringen, mit mir hierher zu fliegen; der wollte schließlich sein Leben lang nichts anderes tun, als am Tempeldach zu hängen.
Bald ging die Dämmerung in die Nacht über. Glühwürmchen flogen umher, und der Mond schien hell. Obwohl es noch nicht Herbst war, zirpten die Grillen. Im Wasser in den zerbrochenen Tontöpfen auf der Terrasse schimmerte das Mondlicht. Ich tauchte in einen hinein und blieb lange darin liegen.

Ein Tag verging und noch einer. Dann waren zehn Tage vorüber, ja ein ganzer Monat. Aus dem frühen wurde der späte Herbst. Kalte Winde wehten, und die Blätter fielen. An dem Kakibaum neben dem Brunnen reiften orangefarben die Früchte. Manchmal kamen Vögel, um daran zu picken. Eines Morgens tauchten mehrere Leute auf den Reisfeldern auf; sie schnitten die Stängel mit Sicheln und ließen sie liegen. Im Garten breitete eine alte Frau mit krummem Rücken, unterstützt von ihrer Enkelin, rote Pfefferschoten zum Trocknen aus. Ich sprang aus dem Wasser und flog auf einen Ast des Kakibaums.

»Ich bin kein Fisch«, rief ich mir zu. »Ich will nicht mehr im Wasser leben.«

Nein, das Leben eines Fischs wollte ich nicht mehr führen. Wie der Junge, der hatte zuschauen wollen, wie ich durch die Lüfte flog, wollte auch ich mich eher als Vogel sehen.

»Wer Flügel hat, ist ein Vogel. Daher bin ich jetzt ein Vogel und kein Fisch mehr.«

So dachte ich von mir, während ich mich wie ein Vogel in den Himmel schwang.

Körper und Geist schienen gleichermaßen leicht. Auch wenn es sich um denselben Himmel handelte, war es beim Hindurchfliegen doch ein großer Unterschied, ob man sich als Fisch oder als Vogel empfand. Ob man die Welt von einem zerbrochenen Tontopf aus betrachtete oder beim Fliegen durch den blauen Himmel, waren zwei sehr verschiedene Dinge.

Wenn das Denken sich verändert, verändert sich auch das Verhalten, und wenn man sich anders verhält, fühlt das Leben sich anders an. Fliegen wir los! Fliegen wir los, um diesen Tag, der sich *heute* nennt, nicht zu vergeuden! Fliegen wir los, um nie zu vergessen, dass der heute vergeudete Tag das Morgen ist, nachdem der Regenpfeifer und der Karpfen, die gestern gestorben sind, sich so gesehnt haben. Werden wir zu Vögeln und fliegen wir los! Ohne ein bisschen Leiden kann doch bestimmt niemand ein Leben in wahrer Freiheit erlangen!

So flog ich mehrere Tage und Nächte weiter. Tagsüber gewann ich Kraft aus dem sich im Wind wiegenden Gras, nachts aus dem Morgenstern, der als Erster in den Himmel stieg und als Letzter unterging. Wurde die Dunkelheit tiefer, leuchteten gewiss die Sterne. War die Nacht vorüber, kam gewiss der Morgen. Und sobald der Morgen kam, erstrahlte die Welt im Sonnenlicht.

Eines Tages ragte zwischen den Sonnenstrahlen ein U-Bahnhof auf. Behutsam landete ich neben dem Eingang. Auf dem Schild stand »Moran«. Ich war wieder in Seongnam in der Provinz Gyeonggi, wo ich den mit Klebreis gefüllten Karpfen begegnet war.

Rings um den Bahnhof herrschte lautes Gedränge. Vor der Fernbusstation hatte ein Mann mittleren Alters einen Lautsprecher aufgebaut und forderte die Leute lärmend auf, an Jesus zu glauben. Offenbar hatte er keine Ahnung, dass ein Flüstern das menschliche Herz oft mehr bewegt als eine Predigt, so wie die leisen Klänge eines Windspiels tiefer dringen können als laute Klaviermusik.

Ich flog an der Busstation vorüber zum Marktplatz der Stadt. Heute, am fünften Tag, war Markt, weshalb es von Leuten nur so wimmelte. Auf manchen Karren wurden Unterwäsche und Socken angeboten, andere Händler verkauften Klebreis, Sorghum, Hirse, Buchweizen und anderes Getreide. Ein Mann betrieb sogar einen Stand, auf dem schwarz abgesengte Hundeleichen zum Verkauf auslagen.

Die toten Hunde sahen so erbarmungswürdig aus, dass ich den Blick nicht von ihnen abwenden konnte. Eine Weile sah ich zu, wie der Hundemetzger emsig seine Waren anpries: »Wenn euch zusagt, was ihr seht, kauft es lieber gleich!« Dann betete ich für die Seelen der toten Hunde. Da es heißt, kurze Gebete würden den Himmel am

schnellsten erreichen, beschränkte ich mich auf wenige Worte, bevor ich weiterflog.
Am U-Bahnhof herrschte noch das gleiche Gedränge. Da ich keine Lust hatte, anderswohin zu fliegen, setzte ich mich auf das Schild über dem Eingang und beobachtete, wie die Leute kamen und gingen. Sie bewegten sich so hastig, als wäre das Leben eine ungeheuer hektische Angelegenheit. Kaum jemand ging langsam. »Die müssen scheinbar alle dringend irgendwohin«, murmelte ich, während die Leute eilig in Unterführungen und engen Gassen verschwanden oder einen Bus bestiegen.
Gerade in diesem Moment ließ sich ein Vogel neben mir nieder und hörte, was ich sagte. »Die wollen eben nach Hause«, sagte er. »So wie wir Nester haben, haben die Menschen Häuser.« Es war ein sehr kleiner Vogel, etwa so groß wie eine Kinderfaust. Ich freute mich sehr, dass er mich für einen Vogel hielt.
»Wer bist du?«
»Ich bin ein Fink.«
Er lächelte mich an und blinzelte mit seinen kleinen Augen. Ich wollte schon sagen, dass ich eigentlich ein fliegender Fisch war, verkniff es mir jedoch, weil ich nicht wusste, wie er das aufnehmen würde.
»Wohin bist du unterwegs?«
Wenn der Fink gesagt hätte, er wolle nach Seoul, hätte ich vielleicht angeboten, ihn zu begleiten. Er war jedoch noch nie in Seoul gewesen, sondern in Moran geboren und hatte immer hier gelebt.
»Ich beschäftige mich mit Wahrsagerei«, erklärte er. »So ein Vogel bin ich.«

»Wahrsagerei? Was ist das denn?«
Den Ausdruck hatte ich noch nie gehört.
»Das bedeutet, dass man den Leuten ihr Schicksal vorhersagt. Alle wollen nämlich im Voraus wissen, was aus ihnen wird. Sie wollen Schlechtes vermeiden, und wenn etwas Gutes kommt, wollen sie hoffnungsvoll darauf warten. Ich helfe ihnen dabei. Man bezeichnet das auch als Ornithomantie, weil ein Vogel als Wahrsager dient.«
Das interessierte mich ungeheuer. Da der Fink meine Neugier erkannte, forderte er mich auf, ihm zu folgen.
Er landete auf der anderen Straßenseite neben einem Schild, auf dem noch einmal der Name des Bahnhofs stand. Dort saß ein alter Mann mit ramponiertem Filzhut auf dem kalten Gehsteig, vor sich einen kleinen Käfig mit offener Tür. Daneben hatte er ein Stück Pappe aufgestellt, auf dem »Wahrsagen 1000 Won« stand.
»Hallo, Großvater, wie geht es dir?«
Mit diesen Worten begrüßte der Fink den alten Mann und flog in den Käfig. Sogleich schloss der Alte die Tür und wartete darauf, dass Leute kamen, um ihr Schicksal zu erfahren.
Bald hatte sich eine kleine Menge versammelt.
»Was ist denn *das?*«
Manche staunten und ließen sich wahrsagen, andere hockten sich nur neben den Käfig, um zuzuschauen.
Ich flog auf das Schild und beobachtete die Szene.
Als die Sonne unterging und weniger Leute vorbeikamen, öffnete der alte Mann die Käfigtür wieder.
»Adieu, Großvater!«

Der Fink wünschte dem Alten eine gute Nacht, dann flog er schnell an meine Seite.
»Na, was denkst du? Macht Spaß, nicht wahr?«
Lächelnd und ein bisschen angeberisch klopfte er mir auf die Schulter.
»Ja, sieht ganz so aus. Das würde ich auch gern mal versuchen. Meinst du, das geht?«
»Wenn du willst, stelle ich dich dem Großvater vor.«
Wahrsagen wollte ich unbedingt, aber ich hatte Angst, dass der Alte mich die ganze Zeit im Käfig einsperren würde.
»Das tut er bestimmt nicht«, beruhigte mich der Fink. »Mich sperrt er ja auch nicht ein. In meiner Familie arbeitet man schon viele Generationen mit diesem alten Mann zusammen. Wir haben eine Vereinbarung, ein Versprechen. Ich werde nur im Käfig eingesperrt, während ich wahrsage, sonst kann ich frei herumfliegen. So leben wir seit der Zeit unserer Vorfahren, und das Versprechen ist nie gebrochen worden. Vor allem vertrauen wir einander, das ist das Wichtigste. Ohne Vertrauen geht nämlich jede Beziehung in die Brüche.«
In jener Nacht folgte ich dem Fink zu der nahen Bergfestung Namhansan-seong, wo wir im Wald schliefen. Gegen ein Uhr mittags kehrten wir am nächsten Tag zum Bahnhof von Moran zurück.
Dort wartete der alte Mann bereits mit seinem Käfig.
»Großvater, das ist mein Freund«, stellte der Fink mich dem Alten vor. »Er will es mit der Wahrsagerei versuchen.«

28
WAHRSAGEN
1000₩

Der alte Mann betrachtete mich aufmerksam. Sein Blick war wie der des ruhenden Buddhas, weshalb ich mich nicht unwohl fühlte. »Na gut, wenn du das auch willst. Es ist ohnehin besser, wenn du einen Freund hast. Nichts ist schlimmer auf der Welt, als keinen Freund zu haben, dem man sein Herz ausschütten kann.«

Sobald er die Erlaubnis erteilt hatte, flogen der Fink und ich in den Käfig und betätigten uns abwechselnd als Wahrsager.

Besonders schwierig war das nicht. Der Käfig war in der Mitte durch eine Trennwand unterteilt, und dahinter befand sich ein Holzkästchen mit zusammengefalteten Zetteln, auf denen das Schicksal der Leute stand. Wenn der alte Mann die Trennwand öffnete, begab man sich zu dem Holzkästchen und zog mit Maul oder Schnabel den Zettel heraus, der einem in den Sinn kam. Der Alte nahm ihn entgegen, um ihn an die Kundschaft weiterzureichen.

Während die Leute lasen, welches Schicksal der Zettel ihnen verkündete, blickten sie unterschiedlich drein. Manche runzelten ernst die Stirn, andere strahlten, als hätten sie eine gute Nachricht empfangen. Auf den meisten Zetteln stand wohl etwas Glückverheißendes, zum Beispiel: »Mit siebenundzwanzig Jahren wirst du einer hochstehenden Persönlichkeit begegnen und einen unerwarteten Vorschlag erhalten. Womöglich ändert sich dann der Lauf deines Lebens, also überlege gut, bevor du dich entscheidest.«

Mir gefiel die Wahrsagerei. Ich hatte den Eindruck, am Schicksal der Leute Anteil zu haben, also etwas Wichtiges zu tun. Außerdem war ich nicht einsam. Der Fink und der alte Mann waren überaus freundlich zu mir. War unsere Arbeit am Ende des Tages getan, öffnete der Alte die Tür, um uns freizulassen. Außerdem gab er uns reichlich gutes Futter, darunter verschiedene köstliche Arten Hirse. Manchmal kaufte er auch mit Zucker gefüllte Pfannkuchen, die er in Stücke brach, um sie uns zu füttern. Sie waren so lecker, dass ich eine Menge davon aß. Wenn die Nacht anbrach, flogen wir zum Schlafen in den Wald am Namhansan-seong, der ein guter Aufenthaltsort war. Auf dem Berg wuchsen wunderschöne, jahrhundertealte Kiefern, weshalb ich mich dort so geborgen fühlte wie auf den Hügeln am Unju-sa. Vor allem jedoch verdoppelte sich das Einkommen des alten Mannes, seit ich mit dem Wahrsagen angefangen hatte.

»Ist das ein Vogel oder ein Fisch? Jedenfalls sieht er so aus, als ob er Zauberkräfte hätte!«

Solche Bemerkungen zeigten, dass die Leute sich mehr für mich interessierten als für den Finken.

Als sich schließlich das Gerücht verbreitete, dass ich tatsächlich über magische Kräfte verfügte, kamen ganze Scharen zum Bahnhof, um ihr Schicksal zu erfahren. Manchmal bildete sich vor dem Käfig eine richtig lange Schlange.

Am glücklichsten war ich über die Kinder, die mit ihren Müttern kamen. Ihre Augen waren so hell. Sobald ich ihre Blicke sah, vergaß ich die vielen Schmerzen, die ich erlitten hatte.

Die Zeit verging. Auf den Straßen sammelte sich das herabgefallene Laub und wurde, wenn ein etwas kräftigerer

Wind wehte, davongetragen. Als über den ersten Frost am Daegwallyeong-Pass berichtet wurde, zogen die Leute die Schultern hoch und holten ihre Wintersachen aus dem Schrank.

Der alte Mann hustete oft. Im Lauf der Tage wurde er zusehends schwächer, so wie es mit dem Laub geschehen war. Manche Leute drängten ihn, nicht mehr im kalten Wind zu arbeiten, sondern sich irgendwo ein Zimmer zu mieten und eine Weile auszuruhen, aber er bestand darauf, regelmäßig auf die Straße zu kommen.

»Wenn ich das nicht tue, geht es mit dieser Art Wahrsagerei womöglich ganz zu Ende. Vielleicht bin ich der Letzte auf der Welt, der das noch macht.«

Der alte Mann fürchtete, die Kunst des Wahrsagens mit Vögeln könnte für immer von der Erde verschwinden. Was schließlich auch geschah.

Eines Tages, es wehte wieder ein bitterkalter Wind, flogen der Fink und ich zum Bahnhof Moran, wo der Alte für gewöhnlich saß. Nun jedoch war er nirgends zu sehen, obwohl er immer vor uns eintraf. Wir warteten eine Stunde und dann noch eine, doch er kam einfach nicht.

»Das ist noch nie vorgekommen! Was kann da nur passiert sein?«

Der Fink war so besorgt, dass er keine Sekunde still sitzen konnte, sondern unaufhörlich durch die Straßen rings um den Bahnhof flatterte. Ich wiederum dachte, der Alte würde vielleicht gerade ein paar Pfannkuchen oder Fischfrikadellen essen, und suchte sämtliche Gassen ab, fand jedoch keine Spur von ihm. Dunkelheit breitete sich

in den Straßen aus, die Nacht kam, aber er tauchte nicht auf.
»Jetzt reicht es«, sagte der Fink energisch. »Fliegen wir zum Haus von Großvater. Ich war schon einmal dort.«
Ich folgte ihm in die Dunkelheit, und dann flogen wir durch den Nachthimmel.
Das Haus stand weit oben in einer Barackensiedlung, die als Monddorf bezeichnet wurde.
»Da ist es!«
Am Gartentor des einfachen Häuschens, auf das der Fink zeigte, hing eine rote Papierlaterne, auf die man in Schwarz zwei Schriftzeichen geschrieben hatte. Ich hatte keine Ahnung, was das bedeutete, doch der Fink erblickte die Laterne und wusste sofort, dass der alte Mann tot war.
»Ach, Großvater ist gestorben!«
Aus seinen Augen flossen Tränen.
Der alte Mann hatte hohen Blutdruck gehabt, und am vergangenen Abend hatte er sich über irgendetwas derart aufgeregt, dass er mehr als üblich trank. Am Morgen hatte man ihn dann tot aufgefunden.
Ich war traurig und musste genauso weinen wie der Fink. Dabei erinnerte ich mich an die Worte des ruhenden Buddhas. Er hatte gesagt, der Tod sei wie die Meereswellen. Trotzdem war es wirklich traurig, dass es jetzt niemanden mehr gab, der wusste, wie man mit Vögeln wahrsagte.
Schweigend blickte der abnehmende Mond vom Nachthimmel auf mich herab. Die Sterne leuchteten, ob sie nun wussten, wie ich mich fühlte, oder nicht.

Mir wurde klar, dass für mich die Zeit gekommen war, Moran zu verlassen. Da ich nicht mehr wahrsagen konnte, gab es keine Notwendigkeit mehr, zu bleiben. Der Fink schlug vor, wir könnten gemeinsam im Kiefernwald am Namhansan-seong leben, aber das wollte ich nicht.

»Leb wohl, Fink. Danke für alles!«

Damit trennte ich mich noch an jenem Abend von dem Finken. Ich fand es schade, ihn zu verlassen, doch es bereitete mir keine Schmerzen. Wir hatten ein herzliches Verhältnis gehabt, aber da es keine Liebe gewesen war, tat die Trennung nicht so weh.

Der erste Schnee fiel. Inmitten von Flocken flog ich auf Seoul zu. An dem Tag, als ich am Unju-sa zum ersten Mal Schnee gesehen hatte, hatten Schwarzperlenauge und ich uns damit den Bauch vollgeschlagen. Ich hatte so viel davon verschlungen, dass meine Ausscheidungen am nächsten Tag weiß gewesen waren. Die ruhenden Buddhas, Mann und Frau, hatten einander mit Schneebällen beworfen und waren dann Hand in Hand über die verschneiten Wege spaziert.

Während ich nun nach Seoul flog, naschte ich die ganze Zeit frischen Schnee, genau wie an jenem Tag.

Unter der weißen Decke war Seoul wunderschön. Der erste Schnee fiel, um die Stadt so schön zu machen. Sämtlichen Bäumen, Gräsern und Mäusen verlieh er Schönheit, ja selbst den Menschen.

Zuerst flog ich zu dem buddhistischen Laden in Insa-dong und von da aus zum Hauptbahnhof. Dort würde sich, so spürte ich, entscheiden, welche Richtung ich einschlagen sollte. Außerdem war ein Bahnhof der Weg und der Anfang des Weges zugleich, weshalb ich an dem von Seoul meinen Weg wiederfinden wollte.

Auch der Bahnhof war in Weiß gehüllt. Es war ein wahrer Schneesturm. Ich setzte mich auf den Uhrturm auf dem Bahnhofsplatz, um die Passanten zu beobachten. Die durch das Schneetreiben gehenden Leute waren wunderschön. Selbst die Obdachlosen schienen nicht mehr arm. Schöner als alles andere auf der Welt war jedoch eine junge Mutter, die mit ihrer kleinen Tochter an der Hand über die weiße Fläche ging.

Als es aufhörte zu schneien, war es schon spätabends. Alle Züge, die mitten durch den Schnee aus dem Süden gekommen waren, hatten sich auf den Weg nach Susaek gemacht, und neben dem Wartesaal standen nur noch ein paar Obdachlose herum.

Mit einem Mal kam mir der Gedanke, dass Schwarzperlenauge sich irgendwo in der Nähe herumtreiben könnte, weshalb ich die Straße unter mir genau im Blick behielt. Dann fing ich an, die Fußspuren auf dem Platz zu zählen, aber sosehr ich mich auch anstrengte, es gelang mir nicht. Es war genauso schwer und ermüdend, wie die Zahl der Sterne am Nachthimmel zu bestimmen.

Die Zeiger des Uhrturms standen auf zwei Uhr morgens. Über der Kuppel des Bahnhofs schwebte die Mondsichel. Ich gab es auf, die Fußspuren zählen zu wollen, und flog auf die Kuppel des Bahnhofs, um dort zu schlafen.

»Ach, wer ist denn das?«, rief jemand erfreut. »Bist du nicht der fliegende Fisch?«

Ein grauer Täuberich hatte mich erblickt. Es war der, der mich so warmherzig getröstet hatte, als ich zum ersten Mal nach Seoul gekommen war und unter der Brücke geschlafen hatte.

Er kehrte dem Mond den Rücken, kam auf mich zugewatschelt und umarmte mich fest. Dagegen sträubte ich mich nicht. Ich spürte, dass es schicksalhaft war, ihm, nachdem ich ihn völlig vergessen hatte, in dieser Furcht einflößenden und einsamen Stadt erneut zu begegnen.
»Was tust du denn hier? Wieso schläfst du hier und nicht auf dem Rathaus wie früher?«
Ich war erstaunt, ihn auf der Kuppel des Hauptbahnhofs anzutreffen.
»Die Tauben am Rathaus haben mich vertrieben. Wer eine Behinderung hat, darf nicht auf dem Dach dort wohnen. Sie meinen, das würde die Ehre von Seoul beschmutzen. Deshalb habe ich mich hierher zurückgezogen, wo niemand mich sieht. Inzwischen ist nämlich auch eine von meinen linken Zehen weg, weißt du?«
Während wir getrennt gewesen waren, hatte er noch eine Zehe verloren. Er machte einen erbarmungswürdigen Eindruck.
»Das tut mir leid. Es hat bestimmt sehr wehgetan.«
Diesmal umarmte ich ihn.
»Ach, ist schon in Ordnung. Meine Güte … ich hätte nie erwartet, dich wiederzusehen. Das freut mich ungeheuer!«
Er war so froh, dass er mir keinen Moment mehr von der Seite wich. In jener Nacht schlief ich neben dem grauen Täuberich. Wir umarmten einander voller Wärme, und bevor wir einschliefen, tauschten wir einen sanften Kuss.
Ich bin kein Fisch, ich bin ein Vogel. Während wir uns küssten, rief ich mir in Erinnerung, dass ich mich als Vogel fühlte. Deshalb hielt ich es nicht für verwerflich, mit einem Täuberich Liebe zu teilen.

LOTTE
Mart
롯데마트
Seoul

Am nächsten Morgen war ich unerwartet krank und konnte mich nicht rühren. Die Sonne schien hell auf die Welt und brachte den Schnee zum Schmelzen, doch ich lag ausgestreckt auf der Kuppel. Vielleicht war es dazu gekommen, weil ich ein so hartes Leben geführt hatte. Mein Fieber stieg immer weiter, und ich begann zu zittern.

»Das ist was Ernstes.«

Der graue Täuberich betrachtete mich sorgenvoll, bevor er auf die Straße hinunterflog, um etwas Schnee zu holen und damit meinen Körper zu kühlen. Als Nächstes fand er Eisstückchen, mit denen er mich einrieb. Ich hatte keinen Hunger, doch er brachte Kekskrümel an, die er mir geduldig in den Mund steckte.

Drei Tage und drei Nächte litt ich an hohem Fieber. Die ganze Zeit über pflegte mich der graue Täuberich und kam dabei kaum zum Schlafen. Bat ich ihn um etwas Kaltes, holte er sofort Schnee und Eissplitter. Dank seiner Hingabe ließ das furchtbar hohe Fieber nach drei Tagen allmählich nach, und eine Woche später war ich vollständig genesen.

»Danke! Ohne dich wäre ich gestorben.«

Dankbar gab ich dem grauen Täuberich einen Kuss auf die Kralle.

»Unsinn. Ich habe nur getan, was nötig war.«

Er war sehr demütig und freute sich so darüber, dass ich gesundet war, als wäre er selbst krank gewesen.

Ohne darüber zu sprechen, lebten wir von nun an wie selbstverständlich auf der grünen Kuppel des Hauptbahnhofs von Seoul zusammen. Keiner von uns sagte: »Ich liebe dich«, doch wir wussten beide, dass wir einander liebten. Der Täuberich war zum Bahnhof übersiedelt, um mir zu begegnen, und dass ich den Unju-sa verlassen hatte, war gewiss ebenfalls geschehen, damit ich mit ihm zusammentraf.

Jeden Tag erschien mir alles wie neu. Jeden Morgen war der Sonnenschein heller und wärmer, und der Bahnhof wurde immer schöner. Auch das Daewoo Building und der Namsan Tower kamen mir schöner vor. An Tagen, an denen wir bis zur Eisenbahnbrücke über den Han-Fluss, zum 63-Building oder gar zur fernen Haengju-Festung auf dem Bukhan-Berg flogen, massierte ich dem grauen Täuberich nach der Rückkehr die Beine. Nichts machte mich glücklicher, als zu überlegen, was ich ihm Gutes tun könnte.

Lieben musst du jetzt, in diesem Augenblick. Verschieb es nicht auf morgen.

Das hatte ich nicht vergessen. Jeden Abend beim Einschlafen sagte ich mir, dass ich ihn liebte. Und ich war dankbar dafür, dass ich endlich nicht mehr vergebens lebte.

Aber leider sollte es nicht lange so gehen.

An einem schicksalhaften Tag – es fiel düsterer Schneeregen auf Seoul – kam eine silberne Taube, die auf dem Deoksu-Palast lebte, zur Kuppel des Bahnhofs geflogen, um den grauen Täuberich zu suchen. Offenbar hatte sie bereits eine sehr enge Beziehung zu ihm.

»Ist dir eigentlich klar, wie lange ich schon nach dir suche? Wieso hast du dich davongemacht, ohne etwas zu sagen? Als man dich vom Rathaus vertrieben hat, hättest du ja zum Deoksu-Palast kommen können?«

»Es tut mir leid. Am Deoksu-Palast wäre ich ständig auf die Tauben vom Rathaus getroffen. Deshalb habe ich beschlossen, weiter wegzuziehen.«

Obwohl der graue Täuberich sich nicht richtig bei der silbernen Taube entschuldigte, wich sie von diesem Tag an nicht mehr von seiner Seite. Zuerst verbrachte sie die Nächte auf der alten Bronzekuppel des Bahnhofs und dann auch die Tage. Mir war sie nicht willkommen. Sie war in mein Liebesnest eingedrungen.

»Grauer Täuberich! Es passt mir nicht, dich mit der silbernen Taube zu teilen. Ich will mit dir allein sein.«

Sooft ich ihm auch sagte, dass ich allein mit ihm leben wollte, er stellte sich taub. Nach einer Weile machte er mir klar, dass er nur mit der silbernen Taube zusammenleben wollte.

Ich war erschüttert und konnte nicht verstehen, was seine Haltung zu bedeuten hatte. Doch wusste ich, dass ich ihm nicht im Weg stehen durfte, wenn er es so wollte. Das lag daran, dass ich ihn liebte.

Als klar war, dass er mit der silbernen Taube zusammenlebte, verhielt der graue Täuberich sich mir gegenüber zuerst überaus zerknirscht. Mit der Zeit ließ er mich jedoch zunehmend deutlich spüren, dass er die Situation für völlig natürlich hielt.

Mit der Behauptung, seine Beine schmerzten, überließ er es ausschließlich mir, Futter zu suchen, und gönnte mir nicht mehr als zehn Minuten am Stück Ruhe auf der Kuppel.

»Was machen wir bloß, wenn du so wenig Futter anbringst? Denk dran, dass du auch genug für die silberne Taube besorgen musst!«

Immer fordernder wurde der graue Täuberich. Er weigerte sich, neben mir zu schlafen, schmiegte sich stattdessen im Schlaf an die silberne Taube und wachte erst spät am Morgen auf. Der Spruch, dass Morgenstund Gold im Schnabel hat, kümmerte ihn nicht im Geringsten.

So war ich damit beschäftigt, genügend Futter zu sammeln, damit die silberne Taube ihren Anteil bekam. Ich flog von einer Seite des Hauptbahnhofs zur anderen, von Malli-dong nach Gongdeok-dong, um Essen zu sammeln, das die Leute weggeworfen hatten. Natürlich gab ich den beiden die köstlichsten und saubersten Brocken. An Tagen, an denen ich nicht viel fand, fastete ich.

Dennoch nahmen die Forderungen des grauen Täuberichs kein Ende.

»Wieso ist deine Haut so rau? Ich hasse Schuppen. Die sind hart! Wenn deine Haut so weich wäre wie die der silbernen Taube, könnte ich dich einigermaßen ausstehen.«

Er hatte recht. Um ein Vogel zu werden, musste ich mich meiner Schuppen entledigen, das war mir bis dahin gar nicht klar gewesen. Solange ich Schuppen am Körper hatte, war ich kein Vogel.

Um der Liebe willen entfernte ich meine Schuppen. Blut floss, während ich sie einzeln abriss und die Schmerzen aushielt. Sobald auch nur ein schwacher Wind wehte, würde mir kalt werden, und sobald ich irgendwo anstieß, würde ich mir Wunden zuziehen, aber wenn der, den ich liebte, das wollte, konnte ich diese Schmerzen ertragen.

»Da, sieh nur! Ich bin die Schuppen, die du nicht mochtest, losgeworden. Jetzt bin ich ganz weich.«
Ich zeigte dem grauen Täuberich meine Haut, doch er lachte nur, als hätte ich etwas völlig Absurdes gesagt.
»Es sind nicht nur die Schuppen, sondern alles an dir! Diese hervorquellenden Augen, die weiche, faltige Haut an deinem Bauch, diese eklig schleimige Schwanzflosse. Was ist mit all dem?«
Sprachlos starrte ich ihn an.
»Ich sage es dir klipp und klar: Du bist kein Vogel, du bist ein Fisch. Mit einem Fisch kann ich nicht in Liebe vereint sein, einen Fisch kann ich nicht lieben. Früher hatte ich Sand in den Augen und war blind. Ich bedaure es, dir je begegnet zu sein, und würde die Tage, die ich mit dir verbracht habe, am liebsten vergessen. Los, mach dich fort von hier! Ach nein, schon gut, ich verschwinde selbst. Ich fliege auf den Namsan Tower, um dort zu leben. Dann blicke ich von einer höheren Warte auf Seoul herab als du. Adieu! Leb wohl! Verfluchter Fisch!«
Damit verließ mich der graue Täuberich und flog mit der silbernen Taube davon.
Ich weinte. Der Bahnhof wurde feucht von meinen Tränen. Manche Leute, die vorübergingen, blieben stehen, weil sie mich weinen hörten, und blickten zur Kuppel herauf.
Ab und an fiel Schneeregen. Am meisten bekümmerte mich, wie schwer es mir fiel, meinen Groll zu beherrschen. Ich wusste nicht, was ich dagegen tun konnte.
So blickte ich einfach nur den Lichtern der Züge hinterher, die nach Susaek fuhren.

Die Zeit verging. Sie brachte weitere Zeit hervor. Die Zeit brachte nichts hervor als sich selbst. Schließlich wandte ich mich eines Abends an die Lichter eines Zuges, der nach Susaek fuhr: »Entschuldigt, dass ich euch belästige, aber könntet ihr wohl das Sternenlicht des ruhenden Buddhas für mich herbeirufen?«

Glücklicherweise taten die Lichter, worum ich sie gebeten hatte. Noch in derselben Nacht suchte mich das Sternenlicht des Buddhas auf.

»Ruhender Buddha, ich bin von der Liebe betrogen worden. Vor allem leide ich daran, dass ich meinen Groll nicht überwinden kann.«

Als ich das Sternenlicht des Buddhas erblickt hatte, waren mir erst einmal die Tränen gekommen.

»Weine nicht. Tu dir wegen deines Grolls nicht selbst weh. Es kommt nur darauf an, dass du den Täuberich geliebt hast. Was die Liebe angeht, reicht das schon aus.«

»Aber der Schmerz vergeht nicht.«

»Es gibt kein Leben ohne Leiden. Hoffe nicht darauf, eines ohne Schmerz führen zu können. Schmerz zu empfinden ist so normal wie Essen und Schlafen.«

»Aber wieso tut es denn so weh?«

»Nicht nur die anderen erleiden Schmerz. Ihn ertragen kannst du nur, indem du dir klarmachst, dass auch ich womöglich Schmerz empfinde.«

»Meine Wunde ist tief.«

»Ohne Wunden gibt es keine Schönheit. Eine Perle hat ihre Wunde, ein Blütenblatt hat seine Wunde. Die Schönheit der Rose ist die Frucht ihrer Wunde.«

»Ich habe so viel verloren.«
»Aber noch nicht alles. Fasse Mut! Finde selbst heraus, was du nicht verloren hast.«
Das Sternenlicht des Buddhas verschwand.
Und ich sah, wie der Groll langsam als schwarzer Rauch aus meinem Körper wich.

Ohne Wunden gibt es keine Liebe. Dass die Rose schön ist, liegt an ihren Wunden. Ich hatte viel verloren, aber doch nicht alles.

Über der grünen Kuppel des Bahnhofs ging der Vollmond auf. Eingedenk dessen, was das Sternenlicht des Buddhas gesagt hatte, brach ich auf. Die Stadt war riesig, und ich flog tief über sie hinweg. Irgendwo sang jemand. Auf den Straßen und Gassen rund um das Gwanghwa-mun und an der Jongno hörte ich Weihnachtslieder.

Auf einmal vermisste ich den ruhigen Klang der Windglocken am Unju-sa. Ich sehnte mich danach, zu hören, wie die Glocke von Schwarzperlenauge die schneebedeckten Kiefern eine nach der anderen aus dem Schlaf weckte. Dennoch konnte ich nicht einfach so zu dem Tempel in den Bergen aufbrechen.

Nachdem ich kurz überlegt hatte, wo ich in Seoul eine Windglocke würde hören können, breitete ich energisch die Flügel aus und machte mich auf den Weg zum Tempel Jogye-sa. Er war nicht weit vom U-Bahnhof Jonggak entfernt. Vom Bukhan-Berg her wehte ein eisiger Winterwind, und bald vernahm ich den Klang der Windspiele, die am Dachvorsprung der Haupthalle hingen.

Ich lauschte still. Wohl weil der Tempel mitten in der Großstadt stand und von Hochhäusern umgeben war, war der Glockenklang nicht mit dem zu vergleichen, den ich am Unju-sa gehört hatte. Dennoch reichte er aus, um mein Herz, das vor Groll gebrannt hatte, zu kühlen.

»Hallo! Ich bin der Fisch von einem Windspiel am Unju-sa.«

So begrüßte ich den Fisch an der Windglocke des Jogye-sa, während er im Wind hin und her schwang.

»Wie bist du denn bis hierhergekommen? Ach, du hast ja Flügel!«

Das schien ihn nicht besonders zu überraschen. Ich hatte gedacht, er würde verblüfft die Schwanzflosse heben, doch das tat er nicht.

»Ich hatte auch mal Flügel und war ein fliegender Fisch wie du. Jetzt sind sie praktisch verkümmert, aber …«

»Was? Du warst ein fliegender Fisch, sagst du?«

Jetzt war es an mir, verblüfft zu sein.

»Ja, vor langer Zeit. Ich dachte, es müsste ein besseres Leben geben als eines, in dem ich nur hier herumhänge, deshalb bin ich zu einem fliegenden Fisch geworden und durch die Luft geflogen. Wenn ich dich sehe, muss ich daran denken, wie ich vor einigen Jahrzehnten war.«

In meinem Herzen erklang das Donnern eines bergab rollenden Felsens. Nie hätte ich mir träumen lassen, dass es außer mir noch einen fliegenden Fisch gab – mit Ausnahme von Schwarzperlenauge vielleicht.

»Ach, deine Schuppen sind ja alle abgerissen! Du bist schwer verwundet. Tut das nicht weh? Sieht ganz so aus, als hättest du eine harte Zeit hinter dir.«

»Ich habe unheimlich viel durchgemacht. Mehrere Male wäre ich fast gestorben. Und ich bin in der Liebe gescheitert …«

»Ha, ha, das habe ich mir gedacht! Doch lass dich davon nicht zu sehr runterziehen. Durch so was lernt man nur dazu.«

»Es ist ja schon Vergangenheit. Wie könnte es ein Leben ohne Leiden geben?«

»Wohl wahr … jeder wünscht sich ein Leben ohne Schmerz, aber genauso könnte man sagen, man weigert sich zu essen, obwohl man hungrig ist.«

»Jedenfalls bist du kein fliegender Fisch mehr. Wieso hängst du jetzt wieder da wie vorher?«

»Tja, was soll ich sagen … das liegt daran, dass ich es geschafft habe, die Essenz meines Lebens zu verstehen.«

Während er das sagte, blinzelte er unaufhörlich. Er hatte blaue Perlenaugen wie ich.

»Die Essenz deines Lebens? Und worin besteht die?«

»Nicht darin, umherzufliegen wie du, sondern darin, hier zu hängen. Da ich durch und durch ein Windspiel bin, ist es die Essenz meines Lebens, einen klaren, ruhigen Glockenton hervorzubringen. Wenn ich umherfliege, würde mir so ein Ton nicht gelingen, und deshalb wäre mein Dasein von seiner Essenz getrennt und nicht richtig lebenswert. Weil ich ein Fisch bin und kein Vogel. Für einen Fisch ist es sinnlos, zu einem Vogel zu werden. Zuerst hatte ich den Eindruck, ein kreatives Dasein zu führen, aber das war nicht der Fall. Um ein Haar hätte ich mein Leben verloren, doch ich konnte es zurückgewinnen, indem ich wieder zu einem Windspiel wurde. So war ich in der Lage, die grundlegende Wahrheit meines Daseins zu erkennen.«

Er hatte den Finger auf das zentrale Problem meines Lebens gelegt. Schon beim ersten Hinschauen hatte er gemerkt, dass ich mich als Vogel fühlte, nicht als Fisch.

Von ungewohnter Zaghaftigkeit ergriffen, brachte ich kein Wort heraus, worauf er weitersprach.

»Du bist wohl hierhergekommen, weil du erschöpft bist und den Klang einer Windglocke hören wolltest, hm?«

»Ja, das stimmt. Ich bin erschöpft. Außerdem zerbreche ich mir den Kopf darüber, wie ich in Zukunft leben soll.«

»Das bedeutet, dass du jetzt bereit bist, zum Unju-sa zurückzukehren. Tu das schnell. Gewiss wartet dein Partner ungeduldig auf deine Wiederkehr. Die Fische von Windspielen, die unter demselben Dach hängen, sind Liebende, die einander schon in einem früheren Leben geliebt haben. Deshalb hängen sie einander in diesem Leben gegenüber.«

»Wirklich?«

»Wirklich. Wenn es nicht so wäre, wieso solltest du dann den Klang der Windglocken am Unju-sa so vermissen, wie du es tust?«

Noch immer wehte vom Bukhan her der kalte Wind. Da ich keine Schuppen hatte, musste ich in den Höfen des Jogye-sa umherfliegen, um mich warm zu halten. Gelegentlich setzte ich mich auf die Äste der jahrhundertealten Tempel-Kiefer, die vor der Haupthalle wuchs, und

sah mich nach dem Mönch um, der Schwarzperlenauge und mir dazu verholfen hatte, als Windspiele am Unju-sa zu leben. Vielleicht wohnte er noch hier.
Den Mönch sah ich nicht, aber dafür einige Töpfe mit Weihnachtssternen, die auf der Steintreppe vor der Halle standen. Ein Stück weiter saß ein junger Künstler und zeichnete etwas in sein Skizzenbuch. Ich blickte ihm über die Schulter auf das Bild, das er gerade schuf. Erstaunlicherweise zeichnete er das Windspiel des Jogye-sa. Es befand sich ganz links auf dem Blatt, unter dem Dachvorsprung. Darüber erstreckte sich der kalte Winterhimmel, in den sich die kahlen Äste der Kiefer reckten.
Lange betrachtete ich das Bild, dann musste ich plötzlich laut husten. Vielleicht hatte ich mich erkältet. Der Künstler drehte sich um und riss erstaunt die Augen auf.
»Sag mal, kommst du vielleicht vom Unju-sa?«
Da ich noch immer hustete, konnte ich nicht sofort antworten.
»Bist du etwa der Fisch von dieser Windglocke am Unju-sa?«
Nachdem er seine Frage wiederholt hatte, stammelte ich eine Antwort.
»Ja, das stimmt, aber woher kennst du mich?«
Ich war verblüfft, dass es in Seoul jemanden gab, der mich wiedererkannte.
»Ach, dann hatte ich ja recht. Ich dachte nämlich … Tja, in dem Fall muss ich dir etwas zeigen. Komm doch mal mit in mein Atelier!«
Ohne meine Reaktion abzuwarten, klappte der Künstler sein Skizzenbuch zu. Ich folgte dem Auto, mit dem er

gekommen war. Sein Atelier befand sich an einem Hang, von dem aus man auf den Inwang-Berg blickte. In einer Wand gab es ein großes Fenster, durch das man den Berg deutlich sah.

»Ich habe nämlich zwei Bilder, die ich dir zeigen will.«

Der Künstler legte mir zwei Gemälde einer Tempelhalle vor, die ich kannte.

»Ach, ist das etwa der Unju-sa?«

Ich sah ihn erstaunt an.

»Ja, richtig. Sie zeigen die Haupthalle dieses Tempels. Schau sie dir mal genau an. Auf einem ist der Fisch von dem Windspiel an der einen Ecke irgendwohin verschwunden und fehlt, auf dem anderen sieht man ihn dort hängen.«

Tatsächlich war der Fisch unter der einen Glocke auf einem der Bilder nicht vorhanden. Das war genau der Ort, an dem ich früher gehangen hatte. Ich staunte umso mehr und sah den Künstler fragend an.

»Im letzten Herbst war ich am Unju-sa, um dort zu zeichnen. Ich habe meinen Augen nicht getraut, als ich sah, dass der Fisch an der einen Ecke fehlt. Weil ich neugierig war, wieso er sich davongemacht hatte, habe ich den Fisch an der anderen Ecke danach gefragt. Der hat sich als Schwarzperlenauge vorgestellt und mir erzählt, du hättest dich in einen fliegenden Fisch verwandelt und seist davongeflogen. Wohin, wisse er nicht. Dann hat er mich mit Tränen in den schwarzen Augen gebeten, ein Bild zu malen, auf dem du zurückgekommen bist und wieder unter deiner Glocke hängst. Wenigstens auf dem Bild wolle er bei dir sein, hat er gesagt, und dass du dann vielleicht wirklich zurückkämst. Seit du fort seist, hätten viele Leute den Unju-sa besucht, aber niemand habe bemerkt, dass du nicht mehr da bist. Da mir das als Einzigem aufgefallen sei, habe er diese Bitte an mich. Die konnte ich ihm einfach nicht abschlagen. Das sind die Bilder, die ich daraufhin gemalt habe, und der Fisch auf dem einen bist du. Wie wäre es also, wenn du an deinen Ursprungsort zurückkehrst, damit ich Schwarzperlenauge nicht extra das Bild bringen muss? Er wartet bestimmt noch immer darauf, dass du wiederkommst.«

Ach, Schwarzperlenauge!

Kraftlos fiel ich auf den Boden des Ateliers, während ich in meinem Herzen seinen Namen rief.

Ach, er wartete so sehr auf mich.

Dass das Herz von Schwarzperlenauge auf mich wartete, drang in mein eigenes Herz ein wie Tusche in Reispapier. Eine Weile blickte ich zu dem schneebedeckten Inwang-Berg hinüber, dann rappelte ich mich auf.

Ich musste losfliegen, musste mich sofort auf den Weg zum Unju-sa machen. Es kam nicht infrage, dass ich noch länger die Straßen von Seoul durchstreifte. Was ich noch nicht verloren hatte, war das liebende Herz von Schwarzperlenauge. Das hatte mich der Klang der Windglocke am Jogye-sa erkennen lassen.

Ich musste losfliegen, musste meiner Liebe jetzt, in diesem Moment, Ausdruck verleihen.

So flog ich auf das Bild, das der Maler mir gezeigt hatte, zu. Zur Haupthalle des Unju-sa. Zu der Stelle an der Ecke des Dachvorsprungs, an der ich früher gehangen hatte.

Am nächsten Tag gingen die Mönche des Unju-sa in der Morgendämmerung zur ersten Zeremonie, doch keinem von ihnen fiel auf, dass ich zurückgekommen war und wieder an der Ecke des Dachvorsprungs hing. Nur Schwarzperlenauge hatte gesehen, dass ich wieder da war, und hatte ein strahlendes Lächeln auf dem Gesicht.

Der Klang seiner Glocke war noch klarer und ruhiger als früher. Auch das letzte Mondlicht, das den Unju-sa liebkoste, lächelte, als es mich sah. Eine Sternschnuppe winkte, während sie über dem Jiri-san verschwand.

»Es tut mir leid, Schwarzperlenauge.«

Damit begann ich das Gespräch.

»Nicht doch, du brauchst dich nicht zu entschuldigen. Ich bin so froh, dass du wieder da bist. Ich kann dir gar nicht sagen, wie sehr ich auf dich gewartet habe.«

»Ich weiß. Vergib mir.«

»Ich soll dir vergeben? Wofür?«

Noch einmal bat ich ihn aufrichtig, mir zu vergeben.

»Ich habe gemerkt, wie du heute Nacht zurückgekommen bist«, sagte er. »Aber kaum warst du da, bist du in tiefem

Schlaf versunken. Da dachte ich, du musst völlig erschöpft sein, deshalb wollte ich dich nicht wecken.«
Die Liebe von Schwarzperlenauge war wie immer tief und so gewichtig wie ein Fels.
»Du musst dich doch über mich geärgert haben!«
»Keineswegs, Blauperlenauge, ich bin dir dankbar. Du hast es mir ermöglicht, mich selbst zu erkennen. Ich verdanke es dir, dass ich mich sehen konnte, wie ich wirklich bin. Mein wahres Selbst ist in deinem Herzen, und jetzt bist du zu mir zurückgekehrt.«
»Für mich gilt dasselbe. Inzwischen habe ich erfahren, wer und wo ich bin. Ich bin in deinem Herzen, und du hast auf mich gewartet.«
»Bisher habe ich dich nur äußerlich geliebt. Ich bin so froh, dass ich dich jetzt auch innerlich lieben kann, indem ich in dein Herz ausstrahle.«
»Ich bin dir so dankbar, Schwarzperlenauge. Wenn es Schönheit in meinem Leben gibt, so wird sie nicht von mir selbst erschaffen, sondern von deiner Liebe zu mir.«
Ich sah Schwarzperlenauge direkt an. In seinen schwarzen Augen war ein liebevolles Herz zu erkennen, das strömte wie ein Fluss. Während die Zeit weitere Zeit hervorgebracht und die neu entstandene Zeit beherrscht hatte, waren wir voneinander getrennt gewesen, ohne uns begegnen zu können, doch unsere Liebe zueinander hatte sich nicht verändert.
»Ich dachte, ich würde ein besseres Leben führen, wenn ich fortgehe, und könnte kreativer sein, wenn mein Dasein nicht so geregelt wäre wie hier. Aber das war nicht der Fall, denn ich hatte etwas ganz Wichtiges vergessen.

Ich hatte nicht begriffen, dass selbst ein noch so geregeltes Leben kreativ sein kann, wenn es von echter Liebe erfüllt ist.«

»Und ich dachte, ich müsste dich aus Liebe weggehen lassen, wenn du das wolltest, so wie ich natürlich aus Liebe mit dir zusammen war. Aber als du weg warst, habe ich jeden einzelnen Tag geläutet. Ich habe mir vorgestellt, der Klang meiner Glocke sei das Tönen meines Herzens, das dich zu erreichen suchte. Meine Hoffnung war, dass ich dich, wenn ich dich losließe, wiedersehen würde.«

»Du musst schrecklich einsam gewesen sein.«

»Ja, ich war einsam, aber ich habe ja gewartet. Dadurch ist in mir Mut erwachsen und aus dem wiederum Geduld.«

»Ich bin in der Liebe fürchterlich gescheitert. Sieh dir nur meinen Körper an. Ich habe alle meine Schuppen verloren.«

»Ganz gleich, um welche Art Liebe es sich handelt, Blauperlenauge, man kann darin nicht scheitern. Wenn man denkt, man wäre gescheitert, dann meint man, dass man nicht wirklich geliebt hätte. In der Liebe, egal welcher Art, kann man nur erfolgreich sein. Hat man wirklich geliebt, dann war das an sich schon ein Erfolg.«

Schwarzperlenauge streckte eine Flosse aus und streichelte behutsam meinen schuppenlosen Körper. Seine Berührung war so warm, dass ich innerlich weinte.

»Danke, Schwarzperlenauge!«

»Es ist nicht nötig, mir zu danken, schließlich sagt der ruhende Buddha immer: Befrei dich von mir, und suche mich. Indem du dich von deinen Schuppen befreit hast, hast du dich von dir selbst befreit und dich dabei gefunden. Sobald der Frühling kommt, werden deine Schuppen wieder wachsen, daher sei nicht zu traurig.«

Der morgendliche Mond war, nachdem er uns eine Zeit lang zugehört hatte, endlich verschwunden, und jetzt lauschte der Sonnenschein unseren Worten.

Wind kam auf. Eine Weile ließen wir warme Töne erklingen, mit denen wir einander liebkosten.

»Heute ist der Klang der Windglocken besonders herzerwärmend. Ist da etwas geschehen?«

Das war ein Mönch, der vom Frühstück kam und jetzt nach oben blickte.

»Na, du Schuft, da bist du ja wieder! Wo hast du dich die ganze Zeit herumgetrieben? Und hast du etwas über das Leben gelernt?«

Der Mönch ließ den Saum seines Gewands flattern und brach in Gelächter aus.

»Es tut mir leid, Mönch.«

In meinem Herzen bat ich darum, dass der Mönch mir verzeihen möge.

Das Sonnenlicht kitzelte den Schnee, der sich am Unju-sa angehäuft hatte und nun schmolz. Auch auf dem weißen Pfad, der zu den ruhenden Buddhas führte, schmolz der Schnee. Die beiden waren von ihrem Spaziergang zurückgekehrt und lagen an ihren Plätzen auf der Felsplatte.

Mit dem Herzen begab ich mich zu ihnen und begrüßte sie demütig.

»Du hast wirklich schwere Zeiten durchgemacht … aber jetzt bist du wieder da.«

Der männliche Buddha erhob sich einen Moment, um mir auf die Schulter zu klopfen, dann legte er sich wieder hin.
Ich weinte dicke Tränen. Die Augenbrauen des Buddhas glänzten weiß, weil der Schnee darauf noch nicht geschmolzen war.
»Also weißt du jetzt, wer du bist?«
»Ja, ruhender Buddha.«
»Ein Dasein als Windspiel ist die Essenz deines Lebens. Du bist ein Fisch, kein Vogel. Vergib dir.«
»Ja, Buddha.«
»Das Leben ist Zeit, auch im physikalischen Sinne. Lebe gewissenhaft, das ist das wirkliche Leben, sonst ist es keines. Weht der Wind nicht nur für dich?«
»Ja, Buddha.«
»Wenn du ein blühender Baum bist, musst du als die bleichen, wunderschönen Wurzeln leben, von denen die Blüten hervorgebracht werden, und nicht als die Blüten.«
»Ja, Buddha. Aber eins will ich dich noch fragen. Was kann auf dieser Welt für immer existieren?«
»Nichts existiert für immer. Das ist zwar traurig, doch nur deshalb können so viele Dinge entstehen und vergehen. Nur eins ist frei von Raum und Zeit: die Liebe.«
»Und was ist das Wichtigste in unserem Leben?«
Ach, wieso hatte ich immer noch so viele Fragen? Bestand das Leben etwa darin, Fragen zu stellen?
»Letztendlich ist die Liebe das Wichtigste. Wer ohne Liebe ist, der ist wie ein Vogel ohne Flügel. Für einen Windspielfisch wie dich wäre das so, wie dazuhängen, wenn kein Wind weht. Was bereitet uns die größten Schmer-

zen? Was lässt uns am stärksten leiden? Was ist die Ursache von Schmerz und Leiden? Denk sorgfältig nach! Letztlich ist es die Liebe, nicht wahr? Warum hast du so viel gelitten, Blauperlenauge? War es nicht der Liebe wegen? In unserem Leben gibt es Dinge, die wir brauchen, und solche, die wir wollen. Ohne das, was wir wollen, können wir weiterleben, ohne das, was wir brauchen, jedoch nicht. Was also, Blauperlenauge, ist im Leben am nötigsten?«

»Das ist die Liebe, Buddha.«

»O ja, das stimmt, Blauperlenauge. Das ist die Liebe. Ich liebe dich.«

Der Sonnenschein erstarb, und Winterregen fiel. Blitze zuckten. Durch den Unju-sa hallte Donner, als wollte er mich für meine Torheit schelten. Der männliche Buddha drehte sich auf die Seite und hob die Hand, um das Gesicht seiner Frau vor dem kalten Regen zu schützen.

Wenn es aufhörte zu regnen, würde bald der Frühling kommen, das wusste ich. So wie die Liebe auf dieser Welt immer währte, kehrte auch der Frühling immer wieder, und dann würden Schwarzperlenauge und ich die schönsten, klarsten Klänge der ganzen Welt hervorbringen.

Ihr, die ihr einsam seid, kommt zum Unju-sa. Ihr, die ihr Schmerz erleidet, kommt zu Unju-sa. Ach, und vor allem ihr, die ihr einander liebt, kommt zusammen hierher, um die Töne zu hören, die Schwarzperlenauge und ich gemeinsam erklingen lassen.